MBA経理課長・団達也の不正調査ファイル

ストーリーでわかる管理会計

林 總

nbb
日経ビジネス人文庫

目次

第2章　〝伏魔殿〟愛知工場

第3章　対決！　株主総会

株式会社ジェピー

年商100億円の中堅電子部品メーカー。創業者は故・財部文治。技術者の三沢充が開発したマイクロスイッチ技術に定評がある。本社は東京・丸の内の高層ビル。工場は長野と愛知。未上場で、株の大半を創業者未亡人の財部ふみが所有。

財部《たからべ》 益男《ますお》
ジェピー代表取締役社長。ジェピー創業者財部文治の長男で、40代で社長の座を受け継ぐも、意思決定能力に欠け、お飾り的な存在。

従兄弟

間中《まなか》 隆三《りゅうぞう》
ジェピー代表取締役専務。ハーバード・ビジネススクールでMBA取得。大手銀行を経て、ジェピーへ。益男の従兄弟で、現在のジェピーの実質的経営者。

三沢《みさわ》 充《あつし》
ジェピー愛知工場長。ジェピーの収入源である特許の大半を発明した凄腕の技術者。創業者の財部文治と二人三脚で同社を育てるが、文治の死後、間中の策略で閑職に回される。

井上《いのうえ》 啓二《けいじ》
ジェピー購買部長。〝購買部のドン〟と呼ばれ、資材の仕入を一手に仕切っている。

愛人

沢口《さわぐち》 萌《もえ》
ジェピー経理部事務職。いわゆる"職場の華"。オフィスの掃除から生け花、事務処理にいたるまで完璧にこなす。

斑目《まだらめ》 淳次《じゅんじ》
ジェピー経理部長。間中の腰巾着だが、社内では"数字の魔術師"の異名をとる。

師弟

団《だん》 達也《たつや》
ジェピー経理部課長。東京大学卒業後、コンサルティング会社勤務を経て、シンガポール大学ビジネススクールでMBA取得。師匠の宇佐見の勧めで、ジェピーに入社。30歳の熱血漢。

上司と部下

細谷《ほそや》 真理《まり》
ジェピー経理部一般職。実家は東京・北千住の魚屋。正義感が強く、ジェピーの社内腐敗に憤る。入社したばかりの達也の片腕となる。

西郷《さいごう》 幸太《こうた》
公認会計士。東京の監査法人で15年働いたのち、豊橋で自分の事務所を開く。ジェピー愛知工場の会計監査を担う。

今川《いまがわ》 武《たけし》
公認会計士。ジェピーが長年会計監査を依頼してきたベテラン会計士。インフルエンザをわずらい、後進の西郷にジェピーの監査を託す。

財《たから》 部《べ》 文治《ぶんじ》
ジェピー創業者。現社長益男の父、間中の叔父。同社を裸一貫で創業し、技術者の三沢、経営コンサルタントの宇佐見の力を借りながら、年商100億円の企業に育て上げた。宇佐見の勧めで、達也を入社させるも、志半ばで死去。

財《たから》 部《べ》ふみ
ジェピー創業者文治の妻で、現社長益男の母。文治の死後、その持ち株すべてを相続し、ジェピーの全株の大半を所有する、実質オーナー。心筋梗塞をわずらい、東京・飯田橋の病院に入院中。

親子

宇佐見《うさみ》 秀夫《ひでお》
カリスマ経営コンサルタント。達也の大学時代の指導教授で人生の師匠。脳梗塞をわずらい、現在は伊豆の別荘で隠居中。

ジェームズ
シンガポール大学ビジネススクールで達也の同級生。イギリス人でケンブリッジ大学卒。

親友・同窓生

同窓生

リンダ
シンガポール大学ビジネススクールで達也の同級生で、元恋人。上海出身の中国人で、本名は李美麗。リンダはニックネーム。

元恋人・同窓生

プロローグ——シンガポール・チャンギ国際空港発JL710便

「これが俺の人生なんだ」

団達也は、自分に言い聞かせた。

静まりかえった深夜便の機内で、読書灯をつけているのは達也だけだった。あちこちから、寝息が聞こえてきた。達也が寝つかれないのは、奮発したビジネスクラスのシートすら柔道で鍛えた達也の体には小さすぎたからではなかった。将来への不安でも、期待でもなかった。それは、言葉では表せない、複雑な感情が達也を覚醒させていたからだった。

「ブランデーはいかがですか」

酒のミニチュア瓶を持った客室乗務員が声をかけた。達也は手を伸ばして、大きな手でレミーマルタンを3本つかんだ。それからスクリューキャップをひねりグラスに注ぎ、口元に近づけた。レミーマルタンの甘い香りが漂った。琥珀色の液体を口に流し込むと、アルコールが体内を駆けめぐった。達也は体の力が抜けていくのを感じた。

(あのときもそうだったな)

2年前のことだ。MBAランキングトップのハーバード・ビジネススクールを蹴って、ランク91位のシンガポール大学ビジネススクールを選んだのだった。ともに国立大付属高校から当たり前のように東京大学に進学したかつてのクラスメイトたちに「お前、頭がおかしくなったんじゃないの」と心配されたのも無理はなかった。達也自身、あの〝宇佐見のオヤジ〟にそそのかされていなければ、今頃はボストンの学生街で祝杯を挙げていただろうに、と時折思うことがある。やはり、ネームバリューは魅力なのだ。

(この俺の就職先がジェピーと知れたら、また笑いものになるぜ)

達也は思わず苦笑した。

達也は何度も2年間の学生生活を振り返った。そしてシンガポール大学を選んだ俺の選択は間違っていなかったし、ジェピーに決めたことも間違ってはいない、と自分に言い聞かせた。

〝宇佐見のオヤジ〟といっても、達也の父親ではない。大学の恩師であり、人生の師匠のことだ。達也は大学4年のとき「管理会計」のゼミを取った。そのときの担当教授が宇佐見のオヤジこと宇佐見秀夫だった。

宇佐見は学者と言うより、知る人ぞ知る経営コンサルタントであり、根っからの実務家であり、公認会計士の資格も持っている。もう数年前に定年を迎えた。学生時代に聞いた噂だと、宇佐見は戦後の疑獄事件に深く関わっていたようだった。真偽の程はわからない。それが悪いというわけでもない。ひとつ言えるのは、宇佐見は実務を知らずきれいごとだけを言っているタイプの大学教授ではない、ということだ。

そんな宇佐見の口癖が達也を奮い立たせた。

〈経営に使えない管理会計は意味を持たない。だから、くだらんテキストはシュレッダーにかけてしまえ〉

初めてゼミが開かれたときだった。宇佐見は学生たちに言った。

「今、私と君たちの関係は、教師と生徒だ。そして、卒業したら、師匠と弟子になる。そのときは何でも相談に来なさい。弟子からは金は取らない」

それじゃあ押しかけ師匠じゃないか、とも思ったが達也はうれしかった。経営コンサルタントとしての宇佐見のフィーは1時間10万円以上と噂されていた。弟子なら、学生たちは卒業した後でも気兼ねせずに会いに行ける。宇佐見はボランティアで若者を育てようとしていたのだ。達也はこの師について行こうと心に決めた。いつの間にか、達也は宇佐見を〝オヤジ〟と呼ぶようになった。

ところが、2人の関係は卒業を待たずに一変した。

大学を出て最初に勤めたのは外資系のコンサルティング会社だった。内定を報告しに行ったとき、宇佐見は普段見せたことのない険しい形相で達也を叱った。

「経験のないお前が経営コンサルタント？　10年早い！」

達也には、師匠といえども自分が決めた進路を、こんな言い方で否定するのを許せなかった。

「失礼します」

達也は怒りで体を震わせて、宇佐見の研究室を飛び出した。

宇佐見の忠告を無視したまま、達也はそのコンサルティング会社に入社した。半年後、達也たち新入社員は、カリフォルニアで3カ月間の研修を受けた。寝る間もない、英語しか使えないすさまじいトレーニングの日々だった。膨大な数の事例が書かれたマニュアルを徹底的にたたき込まれるのだ。研修が終わりに近づくと、不思議なことにどんな課題もすぐに解決できるような気になった。

入社2年目には、達也は月200万円を稼ぐ経営コンサルタントになっていた。

経営コンサルタントはいわば「自らの経験」を売る商売だ。だから研修を受けたからといって、まともなコンサルティングなどできるはずもない。宇佐見が事あるごとに言っていたように**「経験の裏づけのない知識は鋭利な刃物と同じ」**なのだ。今の達也には、宇佐見の発したこの言葉の意味が痛いほどわかる。だが、当時の達也は根拠のない自信に満ちていた。しかもそれが大きな問題になることはなかった。

理由は明白だ。達也がコンサルで関与したケースのほとんどの場合、依頼人である経営者の結論は、コンサルを雇う前からあらかじめ決まっていたからだ。では、なぜ結論が決まっている案件に対して、経営者は高額の報酬を払ってまで、わざわざ外部のコンサルタントを使うのか。それは、経営者が自分自身の言葉では社内をうまく説得できなかったり、あるいは強引に実行して失敗した場合、「一応コンサルも入れたから」と責任逃れをするためなのだ。そもそも、こうした経営者は自分の意に反する提案などに聞く耳を持ってはいない。

ところが、達也が担当した「あのケース」だけは違った。

達也はクライアントである会社の社長の性格がわからないまま、「完璧なプレゼン」をしてしまったのだ。そして、その社長は、達也の提案を素直にそのまま実行してしまった。

最悪の結果が待ち受けていた。

そのとき、達也はコンサルタントという仕事の恐ろしさを初めて理解したのだった。

（無茶なことをしたものだ……）

あの事件以来、達也は夜ごと悪夢にうなされ、幾度も飛び起きた。それはいつの間にかトラウマとなって、達也を苦しめ続けた。

コンサルティング会社に入社して丸3年経ったとき、心身共に疲れ果てた達也は退職願を出し、その足で宇佐見のオフィスに向かった。

宇佐見は久しぶりに見る愛弟子を温かく迎えた。

「先生の忠告に従うべきでした……」

「うむ。それも一流の経営コンサルタントになるための肥やしと思えばいい」

肩を落として立ちつくす弟子に宇佐見はやさしく言った。

「よくわかったと思うが、コンサルタントになる必須条件は、血反吐を吐くほどの実務経験を積み、極限まで勉強することだ」

まずは極限まで勉強しよう。最先端の知識を習得するためにと、達也はハーバード・ビジネススクールとシンガポール大学ビジネススクールを受験し、両校から合格通知が届いた。達也はハーバードに進学するつもりでいた。ところが宇佐見は真っ向から反対した。

「ハーバード？　感心せんな。達也、お前はまだ形式や金を追い求めているのじゃないかな。コンサルティングは、人の命を助ける仕事だ」

（命を助ける。たしかにその通りだ。しかし……）

達也は戸惑った。知識を学ぶなら最高の環境に身を置くべきではないか。

「お前は、世界の中心がアメリカで、アジアの中心が日本とでも思っているのかな。もしそう思っているなら、とんでもない誤解だ。アジアの中心はアセアンだよ。そのアセアンの中心がシンガポールだ。日本人にとってアジアがどこよりもすばらしいのは、お互いに気持ちがわかりあえることだ」

宇佐見は熱っぽく語った。

達也の意志は固まった。

「わかりました。シンガポール大学にします」

「それがいい。アジアのネットワークに触れることが、お前の人生を実りあるものにしてくれるはずだ」

宇佐見は嬉しそうな笑みを浮かべた。

シンガポールでの2年間はあっという間に過ぎ去った。毎日がエキサイティングで発見の連続だった。学生もビジネスマンも英語を不自由なく操り、彼らの能力は恐ろしく高かった。言葉のバリアがないためか、アメリカやヨーロッパからの情報をリアルタイムで取り入れることができるのだ。達也は、アセアンがこれほど躍動感に溢れ、活力に満ちた地域であるとは考えてもいなかった。同時に、日本語だけを話し、ビザなしでは渡航できない日本という国は、アジアの人たちにとってみれば、特殊な存在であることがよくわかった。

達也は、イギリス人と中国人が世界中のビジネスで大きな影響力を持っていることに気づいた。彼らは世界の至る所にネットワークを張り巡らせているのだ。達也にとっての最大の成果は、シンガポール大学のクラスメイトを通じて、その強力なネットワークにアクセスすることができるようになったことだ。

卒業の目途が立った頃だった。宇佐見から連絡があった。

「私の親友が創業した中堅の部品メーカーの立て直しをやらないか？」

思いがけない誘いだった。

その会社の名はジェピー。年商１００億円。達也自身、名前すら聞いたことのない会社だった。しかも宇佐見の話では、ジェピーの経営は芳しくないらしい。そんな会社にあえて「入社して、立て直してみろ」というのだ。

達也は大学時代、宇佐見に教わった言葉を思い出した。

「会社は、内側から見ないと本当のところはわからない。どんなに高度な教育を受けても、一流のコンサルティング会社に勤めても、投資銀行のアナリストになっても、一流のコンサルタントにはなれない。なぜかって？　**経験に勝る知識など存在しないからだよ**」

大学時代にはぴんとこなかった宇佐見の言葉の重みが、今の達也にははっきり実感できた。シンガポール大学でも頭角を現していた達也には一流コンサルや外資系金融機関からの誘いがいくつもあった。けれど、もう迷うことはない。むろん、確信は持てないが、俺はまだ30歳になったばかりだ。失敗を恐れるな。ひたすら経験を積もう。今は「火中の栗を拾う」ことに意味がある。これこそ、宇佐見のオヤジが言う「血反吐を吐くほどの実務経験」なのだろう。

（おもしろいじゃないか）

達也は宇佐見の話に乗った。

「わかりました。ジェピーにぜひ話をつないでください」

「お客様、ブランデーをお持ちしましょうか」

さっきの客室乗務員が、再びやってきてブランデーのミニチュア瓶の入った籐の入れ物を差し出した。達也は、甘いアイリッシュクリームを1本とり、濃いうす茶色の液体をグラスに注いだ。

（すばらしい彼女、すばらしい友達だったな……）

達也はつい4時間前にフォーシーズンズホテルで交わした恋人リンダと、友人ジェームズとの会話を思い浮かべた。

「ダン、ほんとに日本の会社に勤めるの？」

リンダはどうしても理解できないといった表情をして言った。

リンダの本名は李美麗。大連生まれの純粋の中国人だ。北京大学に通っていた頃にはモデルのアルバイトをしていたという彼女は、学生たちの憧れの的だった。父親が不動産会社を営む大金持ちの一人娘で、大学を卒業した後、本格的なビジネスを学ぶためにシンガポール大学のＭＢＡコースに進学したのだ。どういうわけか、彼女はリンダとウエスタンネームで呼ばれるのを好んだ。

「俺が自分で決めたことだ。これ以上聞かないでくれ」

達也が言い放った。

「中国人は絶対にそんな道を選んだりしないわ」

リンダには、達也の頭がいかれたとしか思えなかった。達也のディベート能力はアメリカ人の学生も舌を巻くほどだ。しかも、名門シンガポール大学ビジネススクールを首席で卒業したのだ。その逸材が、こともあろうに日本に戻って中堅企業、それも傾きかけたメーカーに就職するという。エリートはものづくりなどやらない、とリンダは思っている。

リンダはいつの日か達也とアジアで金融のビジネスをするのが夢だった。

〈私はあなたを愛しているわ。それに、あなたの才能を誰よりもわかっているつもりよ。あなたとわたしが組めばアジアの経済の頂点に立てる……〉

達也と暮らした2年間、リンダは何度も達也の耳元でこう囁いた。だが、達也はリンダの誘いを無視して最悪の道を選んだのだ。

「あなたは自分の才能をスポイルしている」

気丈なリンダが珍しく目を潤ませた。

「お前は逃げてるんじゃないか」

スコットランド人のジェームズは声を荒らげた。

「マッキンゼーとボストンが誘いに来たんだぜ。年俸20万ドルを蹴って5万ドルの会社を選ぶなんてどうかしてるんじゃないか？」

俺の母校のケンブリッジ大学にも、君ほどの能力の高い学生は数えるほどしかいなかった。ラグビー選手のような強靱な肉体と世界のトップクラスの頭脳を兼ね備えた人間には、それに相応しい働き場所がある。日本の中小企業に就職するなんてバカげている――。ジェームズは何度も何度も達也を説得した。

「君が恩師のプロフェッサー宇佐見に心酔していることはわかっている。しかし、いくら恩師に請われたからといって、彼に君の人生を決める権利などないはずだ」

いつも冷静なジェームズが感情的になった。

「リンダ、ジェームズ。誤解しないでくれ。俺はプロフェッサー宇佐見に誘われたからジェピーに行くんじゃない。クライアントを裏切らないコンサルタントになるために、ジェピーで経験を積みたいんだ」

「大切なのは職場だよ。一流のコンサルティングファームに就職すれば、最高の舞台で最高の経験が積める。君にはそれがわからないのか」

「ジェームズ。もう言わないでくれ」

というと、達也はカナディアンクラブのオンザロックを一気に飲み干した。

「もう一度だけ質問させて。そのジェピーっていう会社での経験が、あなたにとって絶好のキャリアパスになると思っているの？」

達也の意志を確認するかのように、リンダが聞いた。

「俺はプロフェッサー宇佐見の下で『本当のコンサルティング』の経験を積みたいんだ」

「君はその老人に騙されている。僕たちのほうが、君の素晴らしさをよっぽど理解している」

達也はジェームズの肩に手をやって言った。

「ありがとう。君たちの気持ちはよくわかった。感謝する。でも、俺の気持ちも理解してほしい。これは俺が選んだ人生なんだ」

重苦しい沈黙の時間が流れた。

あきらめた表情のリンダが、達也の体に腕を回して言った。

「わかったわ。5年後、またここで会いましょう。そのとき、誰が正しかったかわかると思うわ」

ジェームズは何も言わず達也の手を強く握った。

離陸して4時間、真っ暗な成層圏をジェット機は成田に向かって飛び続けている。

達也はいつの間にか眠りについていた。

第1章　達也、ジェピーに入社する

丸の内ジェピー本社

東京駅丸の内北口の改札口から屋外に出た途端、達也は腰を抜かすほど驚いた。

ここがあの東京駅なのか。

大学生の頃、アルバイトで南口にある中央郵便局に通ったことがある。達也が記憶している丸の内は、歴史のあるビルが立ち並ぶいささかレトロな街だった。その後の開発も覚えてはいる。丸ビルが新しくなったのもシンガポールに渡る前だ。それでも丸の内や八重洲は、依然として昭和の雰囲気を残した街だった。

それがどうだろう。目の前にはガラス張りの高層ビルが、3月の柔らかい日差しを浴びて正面と左右にそそり立っているではないか。わずか2年の間に何が起きたんだ。達也は浦島太郎気分を一瞬味わった。

今日から勤務するジェピーの本社は、そんな高層ビルのひとつの30階にあった。エレベータでフロアに到着すると、しゃれた受付には若い女性が2人座っていて、達也が用件を伝えると、すぐに役員会議室に案内した。

(それにしても、宇佐見のオヤジに聞いていたジェピーの内情とは、ずいぶんと似つかわしくないオフィスだな)

樫の木で作られたテーブルと古伊万里の陶器。壁に掛かっている絵はシャガール。どうやら本物のようだ。窓越しの眼下には東京駅が見おろせる。新幹線や山手線が鉄道模型のようだ。実にすばらしい景色だ。このオフィスだったら、誰だって働きたいだろう。ただし、ジェピーという会社にこのオフィスが必要かどうかは別問題だ。売上高はたかだか100億円。事業内容は部品製造。そのうえ経営状態もけっして思わしくない。そんなメーカーが、こんな一等地に本社を構える理由はどこにあるのだろうか。

しばらくして3人の男性が会議室に入ってきた。

真ん中に立った一番若い男が口を開いた。

「私が社長の財部です」

財部益男。急逝した父親からジェピーを引き継いだばかりの二代目社長だ。ずいぶんと若作りしているが、年齢は40代半ば、と宇佐見から聞いていた。ブルックスブラザーズらしきトラッドスーツが板についている。腕には金無垢のロレックスが輝いていた。ファッションはさまになっている。が、経営者のすごみは全く感じられなかった。それは益男が、子供がそのまま大人になったような、緊張感のない表情をしていたからだ。

「こちらが専務取締役で経営企画室長の間中さんと取締役経理部長の斑目さんです」

益男は二人の部下を紹介した。社長が部下を紹介するのに、なぜだか遠慮がちだった。達也にはそう見えた。

専務の間中隆三は、顔も体も痩せていて、見るからに神経質そうな雰囲気だった。灰色のスーツには皺ひとつないが、地味な紺色のネクタイと何の変哲もない白いワイシャツの取り合わせは、丸の内のサラリーマンの集団のなかに埋没してしまいそうで、ひいき目に見てもセンスがいいとは言い難かった。

もう1人の斑目淳次は、腹回りが1メートルを優に超え、ズボンのホックが今にも千切れそうに左右に引っ張られていた。スーツのジャケットはヨレヨレで、ネクタイにはシミが付いていた。「経理部長」という肩書から連想するイメージとはほど遠い風貌だった。

不機嫌そうな表情を浮かべながら、間中は達也に質問した。

「君はシンガポール大学で何を学んだのかね」

「管理会計と経営です」

「おいおい、答えの順序が逆じゃないかな」

間中は言った。達也を蔑むような口ぶりだった。

「普通は、経営と管理会計と答える。管理会計なんていうのは、経営と同列に論じるほど立派なものじゃない」

そんなことどうでもいいじゃないか、と達也は思った。間中は、社長の益男をチラチラ見ながら話を続けた。

「それに、経営は選ばれたエリートだけに許される仕事で、管理会計は経理屋の仕事だ。そんなものを勉強するために、わざわざシンガポールまで行ったのかね、君は」

いきなり先制パンチを食らわされた気分だ。けれど、こんな暴言を聞き流す達也ではない。

「管理会計は経営のための会計です。経営に役立たなければ意味がありません」

この言葉は、以前宇佐見から教わったことの請け売りだった。間中は黙ったまま冷ややかな目で達也を見た。

すると今度は、斑目が口から泡を飛ばして大声で叫んだ。

「専務は日本の最高の大学を卒業された後、最大手の銀行に就職されてからハーバード・ビジネススクールでＭＢＡを取得された方だよ。当然、管理会計などお手の物だ。君、相手を考えて発言しなさい」

太った腹のせいでワイシャツのボタンがだらしなく外れている。

「まあいい。ところで社長から君に大事なお話がある」

間中は薄笑いを浮かべて益男のほうを向いて言った。

「……私たちは乗り気じゃなかった」

益男はぼそっとつぶやくように言った。

「乗り気でない……？」

「君を採用することだ。けれど、まあ、宇佐見先生と先代社長の父が決めたことだからね」

達也は益男が何を言いたいのか、にわかに理解できなかった。

「決めたこと……ですか？」

「私たちは、君が経理課長として入社するということなど、全く知らされていなかった。知ったのは父が他界する半年前だ。宇佐見先生も最近音沙汰がない。君は東南アジアのビジネススクールを出たばかりで、即戦力じゃなさそうだ。しかも、君に払う給与は安くない……」

益男は愚痴めいた口調でこう言った。そんな益男に援護射撃をするように、今度は間中が口を開いた。

「君の得意とする管理会計は、アメリカで本格的な教育を受けた私に言わせれば、ままごとに過ぎない。小学生でも理解できる。それなのに、君のような素人を課長として採用しなくてはならないのだよ。経営する側としては、割り切れないものがある」

「専務のおっしゃる通りです。団君。上司として言うが、君は管理会計を口にする前に、財務会計と税務を勉強すべきだな」

間中と斑目は達也に次々とパンチを浴びせかけてきた。

(何を偉そうにエリートづらしているんだ。お前たちのようなえせエリートは、死ぬほど見てきたぞ)

達也は爆発しそうになるのを必死にこらえた。すぐにかっとなるのは達也の悪い癖だった。

「そうは言っても、会社として君の採用を決めたことだから、とりあえず働いてもらうことにした。ただ、1年経ったら君の能力を評価させてもらう。当然辞めてもらうことになると思うがね」

間中は嫌みったらしくそう言った。

経営能力が欠落しているとしか思えない社長、形式にこだわり形式だけで相手を判断しようする専務、上司しか眼中にない経理部長。なるほど、ジェピーはとんでもない会社に違いない。こんな会社に入るんだったら、コンサルティング会社からの話を断るんじゃなかったかもしれない——。達也は一瞬後悔した。

（いや、そうじゃない）

達也は、その思いを振り切るように首を勢いよく左右に振った。

あのとき、何があろうと宇佐見のオヤジの意見に従おう、と決意したではないか。オヤジは、当然この会社の実情を知っているはずだ。だからこそ俺に、ここで経験を積むことを勧めたに違いない。そもそも、俺がかつて犯した「あの失敗」を帳消しにするには、この会社で経験を積み、この会社を立て直すこと以外にない。

（やるしかない）

達也は自分の意志をもう一度心のなかで確認した。

工場長・三沢充の不安

団達也入社の知らせは、その日のうちに社内メールで配信され、夕方には、ほぼ全社員に知れわたった。みんな、興味津々だった。何せこの1年間で2人も経理課長が代わっているのだ。「次の餌食はいったいどんなやつだろう」というわけだ。後任の課長である達也の手腕に期待している者は、ほとんどいなかった。

達也がシンガポール大学のビジネススクールで首席だったことも、著名な経営コンサルタントで東大教授だった宇佐見秀夫の弟子であることも、誰も知らなかった。もし、知っていたとしても大した問題ではない。彼ら社員の唯一の関心事は、新任の経理課長が、専務と部長の陰湿ないじめに何カ月耐えられるか、ということだけだった。

まず、斑目が強烈だった。達也の前任者も、その前の課長も、ささいなことで斑目から罵詈雑言を浴びせかけられ、ぼろぼろになっていったのだ。

最初の経理課長が辞めさせられたきっかけは、実に小さなことだった。

彼は地下鉄の運賃を160円のところを、誤って240円として精算してしまった。無理もなかった。関西の会社から転職してきたばかりの経理課長は、東京の地下鉄の初乗り運賃が160円だとは知らなかったのだ。ところが、この間違いを見つけた斑目は、顔を真っ赤にして、何度も彼を怒鳴り立てた。

「経理マンは1円たりとも間違えてはならない。こんなインチキを平気でするお前には、経理課長の資格はない」

ただし、大声を張り上げる斑目はまだましなほうだとジェピーの社員たちは思っている。あの痩せこけた間中専務と比べたらかわいいものさ——。専務の間中は、人前では決して笑わない。体中から邪悪な電流のようなものを発しているのか、間中が近づいただけでその場の空気が一変するのだ。

そのあと、間中に睨まれたこの課長の結末は、あっけなかった。

「あの男は、自分の交通費精算をごまかすんです」

斑目が間中に告げると、間中は全く表情を変えずに、「わかった。君の意見を尊重して、辞めさせましょう」と即答したのだ。

さすがの斑目も驚いたのは言うまでもないだが、間中が発言を取り消すことはなかった。

「経理部員は1円たりともごまかしはいけないよ。君も注意したほうがいい」

こんな具合だけに、会社の空気が鉛のように重く感じられるのも無理はなかった。なんとかならないものか。誰もがそう思っていた。だが、この会社のどこを探しても風穴を開けられる人間は1人もいなかった。

そんななかで、愛知工場の工場長、三沢充だけが今回の達也の人事に密かに期待していた。

三沢は先代社長財部文治の腹心の部下だった。名古屋の工業大学を卒業してしばらくメーカーに勤めた後、ジェピーに入社した。以来、一貫して開発部門のリーダーとして会社を引っ張ってきた。工業製品の電子化が進むにつれて、電流の流れを制御するスイッチの需要が高まることを予想した文治は、三沢に開発を指示した。屋敷を売り払って資金をつくり、下請け作業で食いつないだ。文治は三沢に開発を託した産業機器向けのスイッチに社運をかけた。

これが当たった。

ジェピーが生きながらえているのも、収益のうち3割を占める特許権使用料収入が堅調だからだ。しかも、ジェピーが所有する特許のほとんどは、三沢の発明だ。ただし、特許申請者がジェピーだったため、三沢には権利はない。

温厚で部下思いの三沢は、社員の尊敬を集めていた。だが、あとから中途入社してきた間中専務にとっては、煙たい存在だった。文治が他界すると、間中は社長である財部益男をそそのかし、臨時株主総会を開き、三沢を取締役から外して、稼働したばかりの愛知工場に「工場長」という肩書をつけて飛ばしてしまったのだ。その愛知工場の実権は、間中専務の息のかかった取締役製造部長の石川智三が握っていた。つまり、「工場長」といっても名ばかりで、身分は取締役でもなければ部長でもない嘱託に過ぎず、たまにある仕事と言えば、冠婚葬祭に参加することだけだった。

文治が元気だった頃、三沢は、文治と文治の友人でジェピーのコンサルをしていた宇佐見に誘われて、会社の将来を語り合ったことがある。それは3年前、ちょうど売上規模が100億円を超えた頃だった。どうしたわけか会社が文治の意のままには動かなくなってきたのだ。たとえば、売り上げが増えると利益が減り、売り上げが減ると利益が逆に増えた。そして、利益が増えると、運転資金が足りなくなって、銀行の世話にならざるを得ないのだ。

なぜ会社が意のままにならないのか、文治には見当もつかなかった。

「100億円の壁ですな」

三沢は、頭を抱える文治に宇佐見がそう忠告したことをよく覚えている。

売上規模が100億円までは、1人のスーパーマンの力で何とかなる。しかし、この壁を突き抜けるには「管理力」が必要だ、と宇佐見は力説した。管理力は知識と経験の両輪がかみ合って初めて発揮される能力だ。膨大な知識を習得して、それを実務のなかで活かせる人材など、そうはいない。社内の人材に限りのあるジェピーに、そんなことができそうな人間は見当たらなかった。

ただ、文治には1人心当たりがあった。それが間中隆三だった。文治の姉の子、つまり、文治の甥であり、現社長、財部益男の従兄である。間中は子供の頃から誰もが認める秀才だった。教科書の内容は3回読めばすべて頭に入った。大学も、予備校にも通わずに現役であっさり合格した。高校の授業を聞いただけですべてを理解できたのだ。

一方、そんな間中と比べて息子の益男は明らかに劣っていた。劣っているのは頭脳だけではなかった。文治は、益男の経営者としての知識と経験が充分ではないことを、誰よりもよくわかっていた。しかも、決断力に欠け、冷徹になりきれない。一言で言えば、優しすぎるのだ。それは経営者としては致命的な欠点と言ってよかった。とてもじゃないが100億円企業のリーダーとしての器ではない。

その点、甥の間中は違っていた。ハーバードでMBAをとっているし、若くして大手銀行で部長職にまでなった男だ。何事にも冷静に対処し、時には非情とも言える決断を下すことができる。ルールに背くものがあれば、いささかの情をかけることなく処罰する。

息子を支えてほしい。

そんな思いで文治は間中隆三をジェピーに誘った。意外にも、間中は「叔父さんの頼みを聞かないわけにはいきませんからね」と、二つ返事で入社を快諾した。

かくして間中は専務取締役としてジェピーで勤めだした。

が、会社に慣れてくると、間中の意外な面が現れてきた。あらゆる判断に「のりしろ」がないのだ。些細な失敗でも、間中はけっして容赦しなかった。半年も経たないうちに、2人の社員が鬱病で会社を去った。彼らは間中から、仕事が遅い、小学生並みの文章だ、頭を使っていないと、来る日も来る日もねちっこく叱られたのだ。2人から退職願を受け取った日、間中は薄笑いを浮かべて「能力も、体力も、やる気もない社員を引き留める理由などない」と言った、との噂が流れた。

社員はそんな冷血で陰湿な間中を恐れた。

三沢は、間中も益男と同様に経営者の器ではない、と思っていた。自分を工場長という名の閑職に追いやったからではない。間中の、冷たすぎる人格と経営手法が問題なのだ。間中を誘った生前の文治も、その点については気づいていた。

100億円の壁を突破するには、益男と間中、この2人の欠点を補える人間がさらに必要だ。そこで宇佐見が推したのが、団達也だった。文治は手放しで喜んだ。しかし、三沢には、宇佐見を信じ切っている文治が不思議でならなかった。団という青年はまだ30歳だという。本当に、益男社長と間中専務の欠点を補えるほどの力があるのだろうか。とはいっても、尊敬する宇佐見の紹介だ。信じるほかない。

それから間もなくして文治が亡くなると、三沢の予想通り間中はジェピーの経営を牛耳りだした。未亡人で文治のジェピー持ち株すべてを相続した財部ふみの目を気にしてか、間中は表向き社長の益男を立てていたが、日を追うごとに次第にその本性があらわになっていった。

三沢は不安になった。このままではジェピーは間違いなくダメになる。そうなれば、文治と創り上げた会社も、共に頑張ってきた従業員とその家族も、すべてを失ってしまうかもしれないのだ。

(先代の社長が宇佐見先生を信じたように、宇佐見先生の愛弟子と聞く、団達也を信じ、期待しよう……)

薄暗い工場長室で、達也の正式入社を知らせるメールを読んだ三沢は、無意識のうちに目を閉じて両手を合わせていた。

萌と真理

達也が目を覚ましたのは朝の5時だった。今日から本格的に仕事が始まるのだ。気持ちの高ぶりなのか、あるいはシンガポールとの1時間の時差の影響なのか、これ以上寝られそうにない。達也はさっさと身支度をして文京区千駄木のアパートを出た。途中、田端駅近くのファストフード店で簡単な朝食を済ませ、山手線で東京駅に向かった。

まだ7時にもなっていないというのに、車内は満員だった。

会社に着いたのは、時計の針が7時を少し回った頃だった。達也は経理部のドアを開けて自分の席を探した。

センスのいい真っ白なブラウスを着た女性が、ピンクのバラを花瓶に挿している姿が目に入った。女性は達也に気づくと驚いた表情をして話しかけてきた。

「団課長、ですか？」

（おや、俺の名前を知っているのか……）

達也が会釈をすると、その女性は「私、沢口萌です」と自己紹介して微笑んだ。それから濡れた手をタオルで拭くと「課長の席はここです」と言って、達也を案内した。机はきれいに拭かれていた。沢口はバラを生けた花瓶を達也の机に置くと、今度はかしこまって「よろしくお願いします」と言ってお辞儀をした。そのとき、シャネル・マドモアゼルの香りがかすかに漂った。

「この花、お好きじゃなかったかしら？」

萌は戸惑った表情で言った。

「バラは僕の最も好きな花だよ」

「うれしい。ランを探したのですが見つからなくて」

ランといえばシンガポールの国花だ。

（この女性、俺がシンガポールにいたことを知っている）

「どうしてランを？」

達也が聞き返した。

「いえ。何となく」

萌はうつむいて、そう言った。

「君はこの花を生けるために、こんなに早く出社したの？」

「いいえ。私、いつもこの時刻には出社しています。コーヒーを入れて、掃除をして、仕事の準備をすると、あっという間に8時半になってしまいますものね」

そう言って、萌ははにかんだ。

「でも、このオフィスは外部の人に掃除を頼んでいるんじゃないの？」

「少しでも経理の皆さんに喜んでいただこうと思って……。迷惑ですか？」

萌は大きな目で達也をじっと見つめて、寂しそうに言った。

「そんなつもりじゃないよ」

達也はあわてて否定した。確かに固く絞った台布巾で拭かれたばかりの机は気持ちがよい。マニュアル通りの掃除とは違う。

（この東京で、こんな古風な女性がいたのか……）

達也はぐるりと部屋中を見渡した。すべての机がきれいに拭かれ、経理部の入り口と部長と達也の机にはピンクのバラが飾られていた。すると、電源の入った1台のパソコンが目に入った。画面の詳細はよく見えないが、エクセルシートが映し出されていた。彼女は仕事をしていたのだろうか。

「あれは君のパソコン？」

「そうですが……」

慌てた様子も見せずに、沢口は自分の席に戻って、パソコンのスイッチを5秒ほど押し続けた。

（変だな……）と、達也は思った。

パソコンのスイッチを切るには、いったん起動中のプログラムを終了させて、それからウィンドウズを終了させるのが操作の基本だ。そうしないとデータが壊れてしまう恐れがあるからだ。ところが、毎日パソコンを使っているはずの沢口が、達也の目の前で行ってはならない操作をしたのだ。

「男性の方には見せたくないサイトを見ていましたので。ごめんなさい」

沢口は下を向いて恥ずかしそうに理由を説明した。

（あれが、見せたくないサイト……？）

「台布巾、洗ってきますね」と言って、沢口は急ぎ足で部屋を出て行った。

1人だけになった達也は、カバンから日経新聞を取り出して1面から読み始めた。

8時を回る頃になると、次々と社員が出社してきた。

「おはよう、お、バラかい。うれしいねえ、萌ちゃん」

経理部員の田中勝が、萌が生けたバラの香りを嗅いで大きな声を上げた。それから達也を見つけると、そばに駆け寄り頭を下げて挨拶を始めた。

「新課長ですか？　田中です。あの沢口さんは毎日欠かさず早く出社して、花を生けてくれたり僕たちの机をきれいに拭いてくれたりするんです。いい子でしょ。それに引き替え、細谷真理。あいつは気が強くて、自分の権利を主張するだけで、お茶も入れてくれないんです。課長も気をつけてくださいよ」

田中は小声で忠告した。

出社時間の9時きっかりに出社したのは斑目部長だった。たるみきった体の斑目は、「よいしょ」とかけ声をかけて椅子に腰を下ろした。ピカピカに磨かれた机のひきだしを開けると満足そうな笑みを浮かべて、「今日も萌ちゃんありがとう」とうれしそうな顔で、沢口に礼を言った。それから、タバコの吸い過ぎでガラガラになった声で達也をみんなに紹介した。

「今日から君たちの上司となる団君だ。新米の課長だが、よろしく頼むよ」

達也は立ち上がって深々とお辞儀をした。

「団達也。独身です。出身は埼玉県浦和市、大学は東京、大学院はシンガポールです。趣味は食べること、特技はスポーツ。ちなみに柔道3段です」

再び斑目がガラガラ声を張り上げた。

「君は知ってると思うが、わが社の歴代経理課長で1年以上勤め上げたのは、この私しかいない。それだけ経理という仕事が厳しいということだ」。そう言って胸を張った。

それから、ひときわ大きな声で、「経理部は他の部門に食べさせてもらってる。団君、わかったな」と付け加えた。

達也は耳を疑った。この経理部長は「経理は食べさせてもらっている」と言うのだ。それから、「会社に迷惑をかけてはならない」と続けた。

（ばかばかしい……）

達也はうんざりした。

「新しい課長に何か質問か要望はないか？」

斑目は部下に聞いた。すると、長髪で細身の若い女性が手を上げて立ち上がった。

服装は地味なオフホワイトのコットンシャツにグレーのパンツ、化粧気はない。だが、化粧などをしなくても、整った目鼻立ちが、その女性の素の美しさを現していた。

「細谷真理といいます。課長は、働く女性をどのように思われますか？」

（この娘がさっき、田中が陰口をたたいていた細谷真理か。なんだか、シンガポールのキャリアウーマンみたいなことを言うな……）

達也は真理の質問を耳にして、シンガポール時代を思い出した。この手の質問をする女性は、下手なことを言うと、あとが大変だ。達也は質問の主旨を確認した。

「働く女性ですか……。もう少し具体的に質問してくれませんか？」

「言い方を変えます。団課長は、女には単純作業が向いていて、知的労働は男にはかなうはずがない。だから、男と対等に働きたいなどと考えるべきではない、といった考えをお持ちですか？」

真理が言い終わらないうちに、あちらこちらで、ひそひそ話が始まった。

「真理の十八番が始まったな」

「いつもの男性上司批判だね」

斑目は苦虫を噛み潰したような顔で、真理と達也の会話に聞き入った。どうやら、真理は間接的に斑目を批判しているようだ。

「僕はつい先週までシンガポールにいました。向こうでは妻が会社のマネジャーで夫が運転手とか雑務係といった夫婦は珍しくありません。これはタイの友達から聞いた話ですが、国家公務員の上級職は女性のほうが多いそうです。結婚してからも女性が働くのは当たり前の社会だから、正当に評価されるのでしょう。東南アジアの常識からすると、女性が知的労働には向いていないという認識は間違っている、と思っています」

すると、斑目が口を挟んだ。

「君、女にゴマをすってもムダだよ。それに、東南アジアの国と日本を同列に論じるのは間違いだ」

「いいえ。日本の女性は知的労働の場を与えられてこなかっただけでしょう」

達也はやんわりと反論した。

すると、真理は表情を変えずに「課長のお話を聞いて、安心しました。これからよろしくお願いします」と言って、腰を下ろした。

一見かわいげのない細谷真理は、男性社員のマドンナ的な存在らしい沢口萌とは正反対だ。そんな真理に、達也はなぜか親しみを覚えた。今日、初めて会った気がしないのだ。

（そうだ。リンダに似ているんだ……）

外見だけでなく、彼女が醸し出す雰囲気がリンダとそっくりなのだ。

「じゃあ今度は俺が質問する。団、お前がこの会社に入社した目的は何だ？」

斑目の言葉遣いが急に乱暴になった。

私語が一瞬で消え、部屋は静まりかえった。

「目的ですか？　会社に貢献すること。それから、僕自身のキャリアアップです」

「貢献？　お前のようなド素人が貢献と言うのは5年早い。それにキャリアアップだと。会社と学校を一緒にするな」

斑目の顔は、ゆで上がったばかりのタコのように真っ赤になった。

「僕はジェピーのために全力を尽くす覚悟です。それが、僕自身のキャリアアップにもつながると思っています」

「その甘っちょろい考えはどうにかならんのか。お前はこの会社で勉強させてもらって、しかも、給料までもらおうとしているだけなんじゃないか」

「部長が何と言おうとも、僕は必ず成果を上げてみせます」

達也は、平然と言ってのけた。

真理が立ち上がって達也に聞いた。

「課長、それだけですか？」

「他に……」

「たとえば、正義とか？」

部屋中が大笑いとなった。

「何がおかしいの！　みなさんは、毎日、正義のない仕事をしていて『つまらない』とは思わないんですか？」

真理は、社員たちの無神経な笑いに我慢できず、思わず叫んでいた。

「短大卒で一般職のお前に何がわかる。だからお前は嫌われるんだ」

斑目が吐き捨てるように言った。

そのとき、達也の脳裏に宇佐見の言葉が響いた。

〈いいか達也。志は高く持て。努力を惜しむな。自分の頭で考えよ。最高のコンサルタントになりたければ、最悪の環境に身を置くのがいい。そして、いかなるときでも正義を貫くことだ。それがお前にとって最高の経験になるはずだ〉

達也は胸を張って真理に言った。

「細谷さん、僕も君と同じ意見です。相手が誰であろうと、正義に反することは絶対に許しません」

真理の口元に初めて微笑みが浮かんだ。

購買部長への疑い

その日の午後、達也はさっそく経理部会議室にひとり閉じこもり、過去の決算書類に片っ端から目を通した。まずは会社のビジネスと業績をつかむことから始めなくてはならない。几帳面にまとめられた5年分の決算資料を見終わったとき、ドアをノックする音がした。

「細谷です」

長い黒髪を後ろで無雑作に束ねた細谷真理が入ってきた。

「来月の資金繰り予定です」。真理はA4の用紙に印刷された資料を机に置いた。

この手の資料を見るのは初めてだった。資金繰り表はMBAの授業で多少習ったことはある。しかし、実物を見るのは初めてだし、実際仕事でどのように使うかはわからない。わからない以上聞くしかない。

「どうやって見るの?」

「え、課長、知らないんですか?」

入社したばかりといっても経理課長だ。(会社の命綱とも言うべき資金の流れが書かれているこの表が読めないなんて……。このひと、大丈夫かしら?)と真理は呆れてしまった。

「見方を教えてくれないかな」

達也は悪びれた様子もなく、そう頼んだ。真理は仕方なく説明を始めた。

「毎日のお金の動きを把握することが資金繰りです。将来入ってくるお金と出ていくお金を一覧にして、お金が足りるか、不足するか、不足するとしたら、いつ、いくら足りなくなるかを明らかにした表が、この資金繰り予定表です」

「なるほどね。資金繰りの予定が立たないと、会社は大変なことになってしまうんだ」

達也は感心しながらA4サイズの表の数字を追った。

「課長。来月の25日のところをよく見てください」

真理は細長い人差し指で資金繰り予定表を指した。支払い予定金額に対して、手持ち資金が1000万円不足していた。何もしなければ振り出した手形は不渡りになり、会社の信用は一気に失墜する。

「課長としてどのように対処されますか?」と、真理が聞いた。

会社の資金繰りが苦しいのはなぜ？

入金と出金のタイミングによって、銀行預金残高がマイナス（＝資金ショート）になる日がある。これまでは借入金で一時しのぎできたけれど……

ジェピーの日次資金繰予定表（×年×月22日）

（単位：千円）

日	内容	入金	出金	残高	
20（金）	ガス代引き落とし		16,000	507,065	実績
21（土）				507,065	実績
22（日）				507,065	本日
23（月）	A銀行借入金返済		100,000	407,065	予定
24（火）	仕入振込		150,000	257,065	予定
25（水）	給与振込		267,065	-10,000	予定
26（木）	売上代金	154,000		144,000	予定
26（木）	支払手形決済		130,000	14,000	予定
27（金）	支払利息		6,000	8,000	予定
28（土）				8,000	予定
29（日）				8,000	予定
30（月）	賃借料引き落とし		12,500	-4,500	予定
31（火）	経費振込		5,500	-10,000	予定

資金ショート！

達也は何度も髪の毛をかきむしって考え込んだ。

「その前に質問してもいいかな。毎月こんな状態なの？」

「そうですね。足りたり足りなかったりですが、年間を通してみると5000万円くらい不足します」

「この表はどうやって作っているのかな」と、達也が聞いた。

「預金の残高に、入金予定と出金予定を合わせて私が作っています。入金予定は私が売掛金などの回収予定金額から作り、出金予定は、仕入代金や経費の支払い予定金額を沢口さんがまとめた数字です」

「あの沢口さん？」

「そう。あの素敵な沢口萌さんです」

どうやら真理は萌に好感を抱いているようだった。

「それで、支払資金が足りないと、斑目部長はいつもどうやって対応してるの？」

「銀行に連絡して借り入れの準備をします。お金のやりくりをするのが経理部長の実力だそうです」

達也は、真理が懸命に感情を抑えてしゃべっていることに気づいた。

「部長はお金を借りることが経理の仕事と思っているんだね。とてもCFOの器じゃないな」

達也が吐き捨てるように言った。

「CFO？」

真理が聞いた。

「チーフ・ファイナンシャル・オフィサーの略称だよ。お金に関する最高責任者のことで、お金の使い方や運用のことを経営者の一員として考える役目なんだ。日本でも、CFOを名乗る執行役が増えている」

「CFOって言葉は私も知ってます。斑目部長は取締役経理部長ですから、まさにそのCFOじゃないんですか？」

真理が聞き返した。

「CFOなら、毎日の資金繰りに神経をすり減らすのではなく、なぜ定期的にお金が不足するのか、その原因はどこにあるのか、と考えるはずだね。目先のお金を追ってるだけでは経営者じゃない。大きな声では言えないけど、彼は単なる経理部門の責任者に過ぎない」

達也はそう説明した。

すると真理は「お見せしたいものがまだあるんです」と言って会議室を出ると、2

枚のワークシートを持って戻ってきた。

「この表をよく見てください」

それはエクセルで作られた表だった。1枚は月々の業者別材料仕入金額、もう1枚は月々の材料種類別仕入金額と月末在庫数量の推移表で、ところどころの数字が青色のマーカーで塗られていた。達也は、真理が青色に塗った仕入れ先と数字を丹念に追った。

それは、何の変哲もない表のように思えた。売り上げが増えた月は、仕入れ金額も増えていた。ところが、よく見るとそのなかにおかしな動きをする仕入れ先があるのに気づいた。玉川梱包だ。この会社からの月々の仕入れ金額は一度も減ることはなく、微増し続けているのだ。

「玉川梱包はどんな会社?」

「段ボールの梱包材を一番多く仕入れている会社です」

達也はもう1枚の表に目を移した。

「たしかに、梱包材の仕入れが増えてるね」

「でも、梱包材の在庫数量はそれほど増えてはいません」と真理が言った。

その通りだった。一般に、仕入れが増えれば月々の在庫数量も増加する。だが、梱包材の在庫数量はほとんど変わっていない。

「変だな」

「課長のおっしゃる通り、私も変だと思うんです。仕入れ金額は毎月少しずつ増えています。でも在庫数量はほぼ一定ですから、仕入れ単価が上がっている、ということですよね」

真理が数字の異常な動きを正確につかんでいることを知って、達也はびっくりした。

「購買部長は誰なの？」

「井上啓二さんです」

「でも、仕入れ単価はその井上部長がチェックしているんじゃないの？」

達也は不思議そうに尋ねた。

「そのはずなのですが……」

「君は、そのことを斑目部長に話した？」

「はい何度も。でも、『購買部で買うことを決めたのだから、経理部がとやかく言うことはない。越権行為だ』と言って取り合ってくれません」

「越権行為ね。じゃあ、購買部の井上部長に質問したことは？」

「1度しました。でも、見事に逆鱗に触れました。うるさい、お前たちは会社の宿り木だ。仕事の邪魔をするなって……。あの人たちの気持ちが理解できません」

真理は日頃の不満を初めて口にした。達也は目を閉じて真理の話を吟味した。

(そうか、仕入代金の上昇が、資金繰りに影響しているのかもしれないな)

この数字の動きの裏には何かある。もしそうだとしたら、真理は、その異常に気づいて、このA4の資料を作成したのだろう。そして、今、懸命に俺に伝えようとしてくれている——。達也は思った。このままではまずい。放っておけない事態が、知らないところで進行しているかもしれない。

達也は目を見開いて真理に言った。

「新米課長だけど、僕の片腕になってくれるかな?」

「喜んで」

真理はそれまで見せたことのないような笑顔を見せた。リンダと同じ、知的な笑顔だった。

宇佐見の手紙

「今日も達也から連絡がこなかったか……」

慣れない左手で湯飲みを口に運びながら、宇佐見秀夫は妻の早苗に聞いた。

「何を言ってるんですか。達也さんがジェピーに就職を決めたとき、『これからは俺に頼るな。自分で解決しろ。仕事が一段落するまで連絡するな』と、きつくおっしゃったのは、あなたじゃありませんか」

「そうだったかな……」

窓越しに大室山を見ながら、宇佐見はため息をついた。

半年前の朝のことだった。いつものように目を覚まし、ベッドから起き上がろうとすると、右足がグニャッと曲がって床に崩れ落ちた。足がしびれて力が入らない。あわてて早苗を呼ぼうとしたのだが、声が出ない。嫌な予感が宇佐見を襲った。大きな物音で異常を察した早苗は、朝食の支度を止めて寝室のドアを開けた。彼女が見たのは、床にうずくまっている夫の姿だった。宇佐見は救急車でそのまま病院に運ばれた。

脳梗塞だった。

幸い命は取り留めたものの、右手と右足にマヒが残った。それから1カ月後、宇佐見はマヒを残したまま退院した。

「生活を変えなくてはいけませんな」

主治医は宇佐見に現役引退を勧めた。もう30年以上も大学の講義、ビジネスコンサルティング、講演活動などで多忙な日々を送りながら、暇を見つけては旅行に出かけ、食事を堪能し、酒を飲んだ。無理がたたったのかもしれない。

「今度倒れたら、最期かもしれませんよ」

主治医の言葉は、宇佐見の胸に突き刺さった。

（たしかに、その通りかもしれない。潮時だろうな……）

宇佐見は早苗とともに、伊豆高原の別荘に移り住むことを決めた。この地の弱食塩泉は疲れた体を癒やしてくれるに違いない。澄み切った空気と風光明媚な景色は、リハビリにはもってこいだ。

東京を離れる決意をした理由は他にもあった。退院したとき、少しでも仕事は続けていきたい、との思いはあった。体は不自由になったが、頭には自信があった。だが、考えもしなかったことが起きた。ほとんどの顧問先から顧問契約を打ち切られたのだ。

「先生。療養に専念してください」

「健康が快復されましたら、そのときにまたお願いします」

顧問先の大半では、二代目に経営の実権が移っていた。彼らは、父親と同世代のコンサルタントのアドバイスなど聞く気はなかった。そんなわけで、宇佐見が倒れたと知るや、顧問契約を解消する会社が続出したのだった。

つい先日も、ジェピーから顧問契約は延長しない旨の書留が届いた。宇佐見は、まだ口にマヒが残っているせいで上手に話せなかったが、それでもジェピーに電話を入れた。入社したばかりの愛弟子達也のことが気になっていたのだ。

ところが、社長の財部益男は不在だった。その後、何度連絡しても、社長が電話に出ることはなかった。

真っ赤な夕日に染まった大室山を見つめ、宇佐見は自問した。

(これまでの人生に悔いはあるか?)

過去のさまざまな出来事が宇佐見の脳裏に去来した。

むろん後悔はない。1つを除いて……。

達也のことだった。

達也は、自分を信じ、前途洋々たるエリート街道を蹴って、あえてジェピーに入社したのだ。このままでは、達也を一流の会計人に育てる約束は果たせない。しびれた手と足を左手でさすりながら、宇佐見は最後の炎を燃やす決意をした。

それだけに自分が脳梗塞で倒れたことを、これからシンガポールから戻ってきてジエピーに入社する達也に知られたくなかった。

あいつに、余計な心配をさせるわけにはいかない。

そう思った宇佐見は、帰国前の達也にこんな手紙を送った。

——私が教えられることは、すでに大学のときにすべて教えてある。

シンガポールで知識の強化もできているはずだ。これからは、経験を積むことだ。

ジェピーに入社しても、私に頼るな。

自分で考えろ。

自分で悩め。

だから、一仕事終えるまで、私に連絡するのはまかりならん。

達也、お前が仕事の成果を報告してくれるのを、楽しみに待っている。

宇佐見　秀夫

（達也、ジェピーの状況は、相当に悪いはずだ。だがそれに負けるな。逆境が人を育てるのだ）

窓越しの空が夕焼けに染まるのをぼんやり眺めながら、宇佐見は愛弟子のことを想った。

経理部会議室のシャーロック・ホームズ

達也がジェピーに入社して1週間が経った。

その間、達也は、片っ端からジェピーの会社案内や、商品カタログ、組織図、決算資料に目を通した。瞬く間に事務机は書類でいっぱいになった。時折、沢口萌がコーヒーを運んできても、達也はものすごい集中力で書類に釘付けになり、萌が側に立っていることにすら気づかなかった。いささか熱しやすいこの憎めない青年は、いったん仕事モードに入ると「鬼」となる。さすがシンガポール大学ビジネススクールを首席で卒業しただけのことはある。

とはいうものの、そんな達也の仕事ぶりを、真理を除く他の経理部員たちは嫌がった。達也が発する緊張感が経理部の部屋中に伝わるため、落ち着いて仕事に打ち込めないのだ。だから達也が会議室にこもって仕事を始めたときは、みんながほっとした。

達也にとっても、書類を広げられる会議室は仕事場としてうってつけだった。それに、会議室ならば、周囲に気づかれずに、真理と一緒にいろいろな書類を思う存分調べることができる。そう、あの日以来、達也は真理に協力を依頼し、ジェピーの状況を数字で追いかけることにしたのだ。

この日、達也と真理は、まず梱包材料の仕入れ取引を調べることにした。以前、真理が作った会計資料の数字は、納得のいかない動きをしていた。そこに印字された数字が、異常事態を訴えかけているように思えてならなかった。達也は宇佐見の言葉を思い浮かべた。

〈シャーロック・ホームズになって、数字の後ろにある真実を突き止めなさい〉

達也は、真理が作った資料に何度も目を通した。最大の取引先である玉川梱包からの仕入れ金額がじわじわと増えている。売上高は横ばいだから、売上高と比例関係にある梱包材は、毎月ほぼ同量使われているはずだ。月末の在庫数量はほとんど増えていない。だとすると真理が推測したように、仕入れ単価だけが上昇しているということだ。

達也は、玉川梱包から送られてきた1年分すべての請求書を精査することにした。

請求書や領収書のように、第三者によって作成された資料は証拠力（信頼性）が高い。つまり、改ざんされるリスクが少ない。

梱包材の多くは、ジェピーの製品である電子部品を入れる段ボール箱だ。電子部品の入り数によって、梱包材はさまざまな種類に分かれる。達也と真理は、種類別に月別の数量、単価、金額を表計算ソフトに入力し、それぞれの数字の動きを比較してみることにした。学生時代、宇佐見教授に教わった分析方法だ。

〈達也、いいか。異常値を見つける基本は、時系列的に並べてみることだ〉

〈注意すべきは、規則正しい繰り返しと異常な増減だ〉

〈異常が見つかったら、その構成要素つまり数量と単価に分解してみなさい〉

「やはり！」

達也が予想した通りだった。ほとんどの種類の梱包材で、単価だけが少しずつ上昇していたのだ。それは、毎月1円単位のわずかな増加だったが、購入数量を考えると無視できない金額になる。

この数年、段ボールの相場が上昇しているという話は聞かない。他にも、なぜ単価が上昇するのかあれこれと考えたが、これといった理由は見つからなかった。

「単価を改定するときに、仕入れ先から通知があるはずだよね」

「そんなの、見たことはありません……」

真理はキョトンとした表情で答えた。

「おかしいな」

達也は首をかしげた。

「仕入れ単価を引き上げるというのは、その引き上げた金額だけ、仕入れ先に会社の利益を持って行かれるということだからね」

なるほど、と真理は思った。売り手である玉川梱包からすれば売価を引き上げた分、利益は増える。逆に、ジェピーから見れば、仕入原価は高くなり利益が減る。仕入れ単価がこのまま上昇し続ければ、利益はジェピーから玉川梱包へどんどん移ってしまうのだ。

「でも、うちの会社には、はっきりした単価改定のルールはないと思います」

「ルールはなくても、ビジネスを続ける以上、単価改定は避けて通れない。ということは、玉川梱包とジェピーの担当者間では、少なくても口頭で合意しているはずだよ」

「そうでしょうね。購買部長が直接発注してますから……」

「誰が発注してるって言った？」

達也は厳しい表情になって聞き返した。

「例の、購買部の井上部長です。井上部長は購買部のドンって呼ばれてて、資材の仕入先からゴルフや食事の接待を頻繁に受けているって、もっぱらの噂なんです」

井上が仕入れ先から頻繁に接待を受けている――。好ましい話ではないが、珍しいことではない。それだけでは、何ともいえない。

むしろ達也にとって気になったのは、購買責任者である井上が直接玉川梱包に発注していることだ。井上は部長だから、誰のチェックも入らない。これでは、実質的に確認と承認手続きが行われていないのと同じことだ。この状態では、井上は、梱包材料を好きなだけ、好きな価格で発注できる。

「それに、井上部長は『今月の玉川梱包への支払い金額はいくらか』って、毎月聞きに来るんです」

と、真理が言った。

「ますます怪しい！」

達也は思わず叫んだ。

「でも、井上部長が梱包材の仕入単価水増し分を着服するのは不可能ですし……」

真理は続けた。

「たしかに……」

そう答えて、達也は腕を組んだ。

「でも、あり得ない話ではないかなあ」

真理がもったいぶってこうつぶやいた。

「えっ？」

達也は真理が何を考えているのか気になった。

「井上部長1人では不可能ということです。でも……」

「社内に誰か共謀者がいるんじゃないかっていうこと？」

真理はかすかに頷いた。

「ジェピーは玉川梱包から年間5億円も買っています。1％要求したとしても500万円です。仕入代金を水増しして、ジェピー経由で自分のポケットに入れるには、経理部の誰かの協力が必要ですよね。だって仕入れ代金を支払うときに、経理部のチェックがなければどんな不正な支払いでもできますから」

たしかにそうだ、と達也も思った。

「で、経理部の誰が怪しいと思っているの？」

「そこまでは考えてません。私は仮の話をしているだけです」

真理は答えた。

しかし、たしかにあり得ない話ではないぞ、と達也は思った。

（もし、支払い業務に携わる経理部員と購買責任者とが内通していたとしたら……）

達也はビジネススクールで学んだ知識を総動員して考えた。井上部長は購買部のトップだから、第三者による購買発注の確認も承認も行われない。だから、彼はどんな疑わしい発注もできる立場にいる。しかも、支払担当の経理部員と共謀すれば、支払いのチェックもかからない。これなら、やりたい放題だ。

今のところ、井上部長と経理部の誰かが不正を働いているという証拠をつかんだわけではない。だが、可能性は十分にある。達也の脳裏に「着服」という言葉がよぎった。

とはいえ、水増しした購買代金を仕入れ先に支払ったとしても、水増し分を自分の懐に入れられるわけではない。

次に考えるべきことは、どのようにすれば、誰にも知られずに、水増しした金を自分の銀行口座にバックできるかだ。達也は頭脳をフル回転させた。

「もしも君だったら、どうやって仕入れ代金を着服する？」

唐突な質問に、真理は一瞬驚いた表情を浮かべた。だが、真理は興味を覚えたのか、途端に目が輝いた。

「そうですね……」と言って、鉛筆を右手の指に挟んだまま真理は推理を始めた。

「まず、玉川梱包から水増しした請求書を送らせ、その代金を全額支払う。次に、玉川梱包に、購買部長が指定する口座に代金の一部を振り込ませ、経理部の誰かと折半する」

「実は僕も同じことを考えていたんだ。でも、たぶんそんな単純な仕組みじゃなさそうだ」

達也は自らの推理を口にした。

「玉川梱包は売上高200億円の立派な中堅企業だ。内部統制もそれなりにしっかりしているだろう。代金を水増しした請求書を発行したり、代金の振り込みに際して、合理的な裏づけのない支払いは、そう簡単にはできないはずだ」

「合理的な裏付けって？」

真理が聞いた。

「〝代金を支払う〟とは、その代金にふさわしい価値と交換することなんだよ」

会社は価値を買って、代金を支払っている。その価値の内容が「請求書」に書かれているわけだ。達也が言った「合理性」とは、請求内容が支払金額にふさわしい、と

真理の会計ノート 002

「水増し」したお金の行方（推理その1）

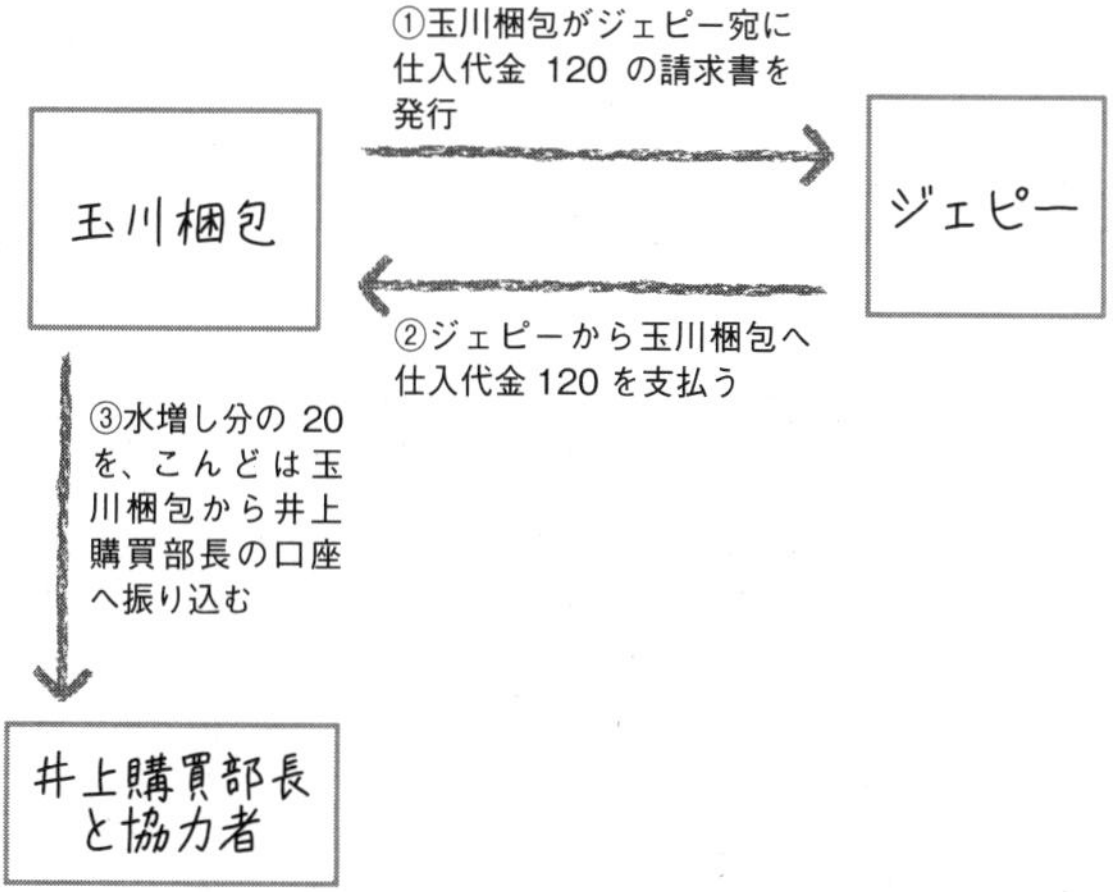
①玉川梱包がジェピー宛に仕入代金 120 の請求書を発行
玉川梱包
ジェピー
②ジェピーから玉川梱包へ仕入代金 120 を支払う
③水増し分の 20 を、こんどは玉川梱包から井上購買部長の口座へ振り込む
井上購買部長と協力者

※梱包材の本来の価格＝ 100

いうことにほかならない。

もとより、会社は請求書がなければ現金を振り込むことはしない。だから、誰かが水増しした金額に相当する請求書を発行しているはずだ。では、一体、誰が玉川梱包にニセの請求書を書いているのか？　そして、その代金が振り込まれた先は井上購買部長の口座なのか？　それとも別人の口座なのか？

わからないことが多すぎる。達也もさすがに混乱してきた。

（考えてもムダか……）

そのとき、宇佐見の言葉を思い出した。

〈証拠は目の前に転がっている。だが、訓練した者でないと見つけることはできない〉

達也は、目の前に置かれた定期振込一覧表を綴じたファイルをパラパラとめくり、ざっと目を通した。

時として大切なことは、凝視するのではなく、なにげなく見ているときに見つかることがある。このときがそうだった。達也の手が一枚の表のところで止まった。

（なんだ……？）

瞬間、達也は自分の目を疑った。何度も目をこすり、穴があくほど注意深くその表の振込先の会社名を見た。

　信じられない事実を見つけたのだ。

「これを見てくれないか」

　達也は振込先を指で示した。

「〝王川《おうかわ》梱包〟って印刷されてますね」

　真理も驚きを隠さなかった。玉川《たまがわ》ではなく王川《おうかわ》と記されていたのだ。つまり請求元とは異なる会社へ仕入代金を振り込んでいることになる。

「仕入れ先情報を確認してくれない？」

　達也は、はやる気持ちを懸命に抑えて言った。

　真理はパソコンを操作して、玉川梱包の登録情報を開いた。そこには、玉川梱包に関するさまざまな情報が記録されていた。

　真理は声を出してゆっくり読み始めた。達也は細心の注意を払って、請求書に書かれた文字と数字を追った。

　住所は一致していた。しかし、電話番号と口座番号は玉川梱包のものではなかった。

　その瞬間、点と点が結びつき、達也の疑問は一瞬で氷解した。

「こんなことが本当にあるんだ」

「本当にある……？」

真理が聞き返した。

「こういうことだよ」

達也は興奮しながら「からくり」の説明を始めた。

井上は正規の請求書を玉川梱包から直接入手する。次に、井上は単価を高くした請求書を偽造して、ジェピーに送る。このとき、会社の名前は「王川梱包」にする。請求書の住所は玉川《たまがわ》梱包が登記した本店所在地と同じにしておく。電話番号と振込口座番号は井上部長が用意した「王川《おうかわ》梱包」のものだ。仕入れ内容の問い合わせに対応するために、「王川《おうかわ》梱包」には電話番を置く。仕入れ代金は、ジェピーから「王川《おうかわ》梱包」の口座に振り込まれる。

「でも、振り込み先はカタカナで書くんじゃなかったかしら」

「その通りだよ。何者かが〝王川《おうかわ》梱包〟であることを承知のうえで、代金を振り込む。だから、経理部の協力者がなければ、この不正取引は成立しない」

達也の声は知らず知らずのうちに大きくなった。真理は何度も会議室のドアに目をやった。隣まで聞こえるのではないかと気が気でない。達也の説明は続いた。

「水増し」したお金の行方（推理その2）

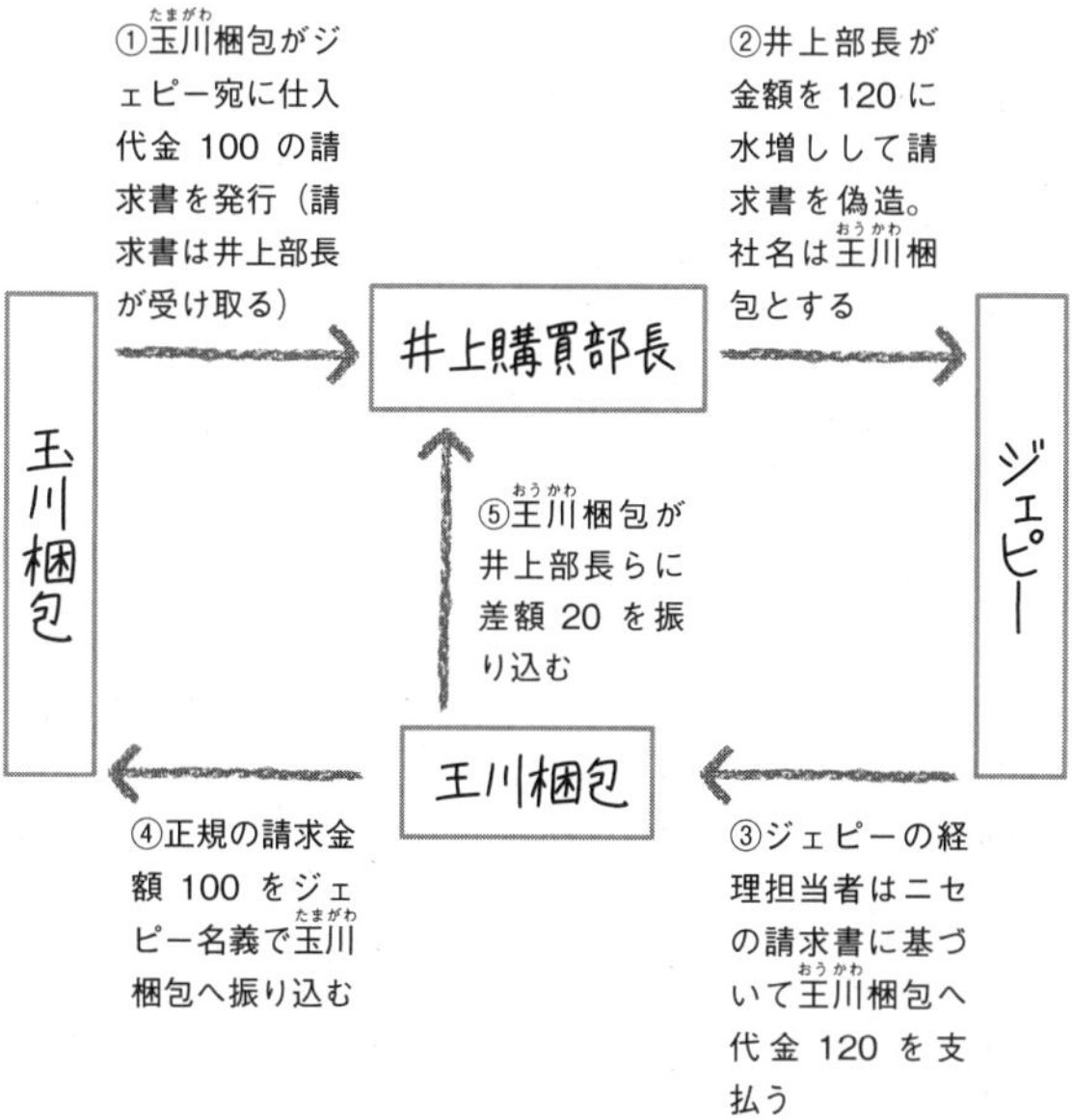
①玉川《たまがわ》梱包がジェピー宛に仕入代金100の請求書を発行（請求書は井上部長が受け取る）
②井上部長が金額を120に水増しして請求書を偽造。社名は王川《おうかわ》梱包とする
井上購買部長
玉川梱包
ジェピー
⑤王川《おうかわ》梱包が井上部長らに差額20を振り込む
王川梱包
④正規の請求金額100をジェピー名義で玉川《たまがわ》梱包へ振り込む
③ジェピーの経理担当者はニセの請求書に基づいて王川《おうかわ》梱包へ代金120を支払う

「王川《おうかわ》梱包はジェピーから振り込まれた代金のうち、正規の請求金額をジェピーの名で玉川《たまがわ》梱包へ振り込む。そして残りを山分けする」

「課長。すごい推理力ですね」

真理がほめると、達也はテレながら種を明かした。

「ビジネススクールの監査論で勉強したケーススタディと瓜二つなんだ。勉強したときは、子供だましの作り話だろう、と思っていたんだよね。でも、目の当たりにして、びっくりしたよ。まさかほんとにある話だとは……」

達也の興奮は収まらない。すると、真理が口を開いた。

「実は、他にもう1つおかしな取引先があるんです。見ていただけませんか」

真理は、請求書の束と、仕入金額の月次推移表を印刷した紙を持ってきた。

「この仕入れ先です」

達也は、数字の動きを追ったが、特におかしな点は見当たらなかった。

真理は、素早く1年分の請求書に付箋を貼って達也に渡した。

「課長、この請求書をどう思われますか」

達也は付箋が貼られた仕入請求書を勢いよくめくった。

「なに？　どれも品名と数量が同じじゃないか」

「そうなんです。請求書を整理していたときに、愛知パーツから同じ種類の可変抵抗器を何度も繰り返し買っていることに気づいたんです」

「繰り返し……」

（これも学校で勉強した事例……？　まさか）

達也は疑った。時計を見ると、もう夜の7時を回っている。調べるのは時間がかかりそうだ。

「君は帰っていいよ。後は僕がやるから」

「遅くなっても構いません。今夜は、特に予定もないし、ずっと気になっていたことだから、ぜひこのまま続けて調べたいんです」

達也は「助かるよ」と礼を言って、この1年間で愛知パーツから購入した可変抵抗器の購入数量と単価と金額を月別にエクセルシートに入力するよう、真理に指示した。

時計が8時を回った頃、作業は完了した。

達也は、印刷した表をじっくりと眺めた。異常箇所がはっきりと浮き彫りになった。ジェピーは、3カ月ごとに、1億円相当の同じ種類の可変抵抗器を、同じ数量だけ繰り返し愛知パーツから購入していた。そして仕入単価だけが、毎回2％程度上昇し続けていたのだ。

「なぜ、うちの会社は大量の同じ材料を何度も買うのだろう?」

「それ、材料ではありません」

真理が意外なことを口にした。

「この可変抵抗器は、そのまま商品として販売するんです」

材料ではなかったのだ。

「え、どういうこと?」と、達也が聞いた。

「うちの営業部が北海道工業から注文を取ってきて、愛知パーツに購買発注しているんです」

この取引にはジェピーの製造部はかかわっていない。ジェピーの営業部はその可変抵抗器を愛知パーツに発注して、完成品を仕入れ、ジェピーのブランド名で北海道工業だけに販売している。そして、商品の可変抵抗器は、愛知パーツから北海道工業へ直送されている。

つまり、愛知パーツからジェピーに送られてくるのは、請求書と納品書だけということだ。ジェピーは、その納品書が到着した日に仕入れを計上し、同じ日に北海道工業に対して売り上げを計上しているというのだ。

循環取引のからくり（その1）

取引の内訳

（単位：百万円）

売上高	愛知パーツ	ジェピー	北海道工業
1回目	100	102	104
2回目	+6 106	108	110
3回目	+6 112	114	116
4回目	+6 118	120	122
合計	436	444	452

仕入(売上原価)	愛知パーツ	ジェピー	北海道工業
1回目	98	100	102
2回目	+6 104	106	108
3回目	+6 110	112	114
4回目	+6 116	118	120
合計	428	436	444

各社とも取引のたびに売上と仕入れが600万円ずつ増えている

「なぜ北海道工業だけに売っているのかな?」

達也はその理由がわからない。

「特注品ですから」

真理は答えた。北海道工業の仕様に基づいた製品だから、他の会社に売ることはできない、というのだ。

「それで決済は?」

「仕入れ代金は3カ月サイトの手形で支払います。つまり、手形を振り出した日から3カ月後にジェピーの銀行口座から代金が引き落とされます。それから販売代金は、検収2カ月後に、北海道工業からジェピーの銀行口座に振り込まれます」

達也は入金と出金のタイミングを考えた。ジェピーからすれば、販売代金を回収した1カ月後に、手形が決済されて銀行口座から預金が引き落とされるから、資金繰りに問題は起きない。しかも、少ないながら利益も出ている。

ところが、同じ商品を同じ数量だけ繰り返し購入し、販売していることに、達也は妙な引っかかりを感じた。

(もしかしたら……)

達也は胸騒ぎを覚えた。

「とんでもない不正が隠れているかもしれないな」

「え、どんな?」

真理には達也の真意がよくわからない。

「またビジネススクールで勉強した事例を思い出したんだ」

時計の針は9時を回っていた。

2人は、過去3年分のジェピーと北海道工業との取引を詳細に洗った。結果は達也が睨んだ通りだった。3年前はほとんど取引はなかった。ところが、昨年は約1億円、そして今年はすでに約4億円に激増していた。しかもどういうわけか取引回数を重ねるたびに、売り上げは600万円ずつ増えているのだ。

「間違いないな」

達也が独り言を言った。すると、真理がほかにもお見せしたい資料があります、と言い残して急ぎ足で、会議室から出ていった。

それから10分ほどしてフォルダーを持って戻ってきて達也に渡した。

表紙には「売掛金未回収リスト」と書かれていた。

「売掛金未回収リスト」は「年齢調べ表」とか「エイジングリスト」とも呼ばれ、あらかじめ決めた「決済条件」通りに回収されなかった売掛金の履歴を管理する表だ。

達也はそのリストを眺めた。

思った通り、北海道工業の未回収売掛金がじわじわと増えていた。しかし、回収遅れの理由は何も記されていなかった。

「北海道工業からの入金は4回とも1億円ちょうどです」

「斑目部長は、このことを知っているの？」

達也は愚問だと思いつつ聞いた。

「この表は私が作って、部長には毎月報告しています。でも、『俺が営業に督促しておく』と言うだけなんです」

真理は、そう言ってためいきをついた。

達也は真理が入金処理を担当していることを思い出した。

「君は、北海道工業からの入金をチェックするとき、〝請求書控え〟を使うよね？」

真理は黙ったまま首を左右に振った。

経理部の入金担当者は、売上代金が銀行口座から振り込まれると、それがどの売り上げ（つまり請求書）に対応しているのか調べ、消し込み作業を行う。

ところが、北海道工業だけは入金のチェックをしていないというのだ。

「この商品は営業部の石田課長が管理していて、請求書控えが経理には回ってこないんです」

「回ってこない？ じゃあ、北海道工業からの注文書はあるの？」

「いいえ。石田課長が電話で注文を受けるだけで書類はありません」

「それは変だよね。注文書もなければ、請求書控えもない。それじゃ経理部は販売した内容はわからないし、回収金額の妥当性をチェックできないし、売掛金勘定の消し込みもできない……。販売業務の内部統制が機能していない、ということだな」

こんな状態が放置されていていいのだろうか。

達也には信じられなかった。

「どういう意味ですか？」

「**販売業務の流れは、受注、出荷、売上計上、請求、回収**だよね。原則として、これら5つの業務は別々の担当者が行い、しかも必ず上司のチェックが必要なんだ。ところが北海道工業との取引では、注文書はなく受注は石田課長が電話で受けている。売上代金の請求も石田課長が行っている。これじゃあノーチェックだよ。どう考えても変だ」

まだ実務経験が浅い達也ではあったが、テキストに書かれているような理想的な業務フローは完璧に頭の中に入っている。だから、ジェピーの販売業務フローは理論的に間違っていると、自信を持って言い切れるのだ。

真理も達也の説明を聞きながら、それまでモヤモヤしていたことが少しずつ晴れた。だが真理には、もう1つわからないことがあった。

「入金額も変なんです。北海道工業の場合は、丸めた金額にして少なめに入金されています。たとえば、売掛金が235万円であっても入金は200万円といったようにです」

「毎月の入金額がいくらになるかは、どうやってわかるんだい?」と、達也が聞いた。

「北海道工業の購買部長に石田課長が確認するそうです」

「確認する?」

「はい。でも入金予定を確認するのは間違いではないですよね」

たしかに真理の言う通りだ。営業が事前に、いつの時点でいくら売上代金が回収されるかを確実につかめば、会社の資金繰り予定も立てやすい。しかし、北海道工業のように、売掛金の一部が入金されず、しかも、その回収不足の部分をフォローできていない状態は正常とは言えない。

「この会社は資金繰りが悪いんだろうね」

「だから回収が遅れてるんです」

「信用調査はしてるの？」

「石田課長は、大日本興信所を使って調べていると言ってました」

「君はそこの信用調査結果を見たの？」

「見せてもらえませんでした」

達也は釈然としなかった。

（北海道工業からの入金が遅れなければ、運転資金は回るのに……）

そのときだった。会議室のドアが開いて斑目部長が入ってきて大声を上げた。

「お前たち！　何をコソコソ話してるんだ」

「細谷さんにいろいろと教えてもらっていたんです」

達也は動じることなく元気よく答えた。

「その、いろいろ、とは何だ？」

「会社の業績や経理処理です」

「そんなことなら私や沢口君に聞けばいい」

「細谷さんが一番暇そうでしたから」

達也は真理をちらりと見て言った。

「それに何だ。お前の机があるじゃないか。なぜ、ここにいる」

斑目は明らかに達也たちを疑っていた。しかし、達也はまったく慌てず、「このありさまですから」と、会議室のテーブルの上に散乱している書類を指さした。

すると、斑目はつけっぱなしのデスクトップパソコンの画面をのぞき込んだ。

（まずい）と、達也が思ったときだった。

真理が足で思いきりコードを踏んで引っ張った。デスクトップパソコンの画面は消えた。

「あ、すみません」

真理は斑目に頭を下げた。

「こんなところにパソコンを持ち込むからだ。データが壊れてしまうぞ、気をつけろ」と大声で真理を叱りつけると、今度は達也をにらんでもっと大きな声を張り上げた。

「お前には高い給料を払っているんだ。早く仕事を覚えろ」

「そのつもりで、今勉強しています。部長。お願いがあるのですが、後学のために、営業所と工場に行ってもいいでしょうか？」

達也はペコリと頭を下げた。

「その必要はない。経理部員は本社にいればいい」

斑目は、遊び気分で行く出張などもっての外だと達也をしかりつけた。

そのとき、達也は宇佐見の言葉を思い出した。

〈経理マンで最も大切なことは、自分の目で確かめることだ〉

「お言葉ですが、現場を知らなければ経理は務まりません」

「お前は自分を何様だと思っているんだ」

斑目の顔はゆでダコのように真っ赤になった。

「そんな暇があるなら、伝票でも入力してろ」

「伝票入力なら派遣社員で十分です。経理は経営を支援することが第一の使命じゃないですか。そんなこともわからないのですか！」

達也も頭に血が上った。

「新米の分際で、何を偉そうに！……まあいい。お前は1年でクビになる」。そう吐き捨て、斑目は会議室から出ていった。

「斑目部長って上にはゴマすり、下には威張り散らす人ですから、気にするだけ損です」

真理は、精いっぱいの表現で達也を慰めた。

達也はけろっとしていた。そして何事もなかったかのように「ああ、腹減った」と腹をさすった。嫌なことを忘れるには、食べたいものを思いっきり食べる。これが達也のストレスをためない方法なのだ。

そんな達也を見て、真理は思わずこう言った。

「よろしかったら夕食、ご一緒させてください」

瞬間、真理のお腹がグッと鳴った。

「うれしいね。うまい寿司でも、ひさしぶりに食べたいな」

「私、今からでも入れる、安くておいしい寿司屋を知ってます」

根津の寿司屋

その店は文京区の根津にあった。

2人がのれんをくぐると威勢のいい声が聞こえた。

「お、真理ちゃんじゃないか。いらっしゃい」

どうやら真理はこの店の常連らしい。

「紹介するわ。こちらは私の上司で、団達也さん」

「団です」

達也は、自分の父親くらいの年格好の主人に軽く会釈した。

「真理がお世話になってます」

「ゲンさん。会社ではあたしのほうが先輩よ」と真理がふくれた。

「お酒、何にする？」

店の主人が聞いた。

「本醸造の熱燗がいいわ」

熱燗はすぐに運ばれてきた。真理は、とっくりのクビをつまんで、達也の大きめのぐい飲みに注いだ。

「実は、私の実家が千住の魚河岸で魚屋をしてて、こちらのお店に卸してるんです」

「魚河岸って、築地じゃないの？」

「もうっ、何も知らないんだから」

真理は自分のぐい飲みにも熱燗を注ぎながら、説明を始めた。

東京には中央卸売市場が3カ所あって、唯一、北千住だけが水産物専門の市場で400年以上の歴史があること、魚河岸のなかでもとびきり上等な魚が売買されていること、そして実家は江戸の時代から代々続いた魚屋であることを話した。

「でしょ、ゲンさん」

寿司屋の主人は「その通り」と言ってうれしそうに笑った。

「細谷さん、ちゃきちゃきの江戸っ子なんだ」

「会社じゃないんですから、細谷、じゃなくて、真理、でいいですよ」

達也は真理に不思議な魅力を感じていた。実務能力の高さ、間違ったことは絶対に許さない心の強さ、そして仕事場ではほとんど笑顔は見せないが、目の前の真理はかわいらしく、しかも生き生きしている。

（リンダもそうだったな……）

ディベートでは完璧なロジックでたたみかけるのに、2人だけのときは、かわいらしさと優しさにあふれていた。シンガポールの日々が一瞬達也の頭をよぎった。と、真理の言葉が達也を東京に引き戻した。

「私、税理士になりたいんです」

真理は地元の都立高校で学んだ。成績はよかった。だが、職人気質の父親は娘が大学に進学することを許さなかった。

「女に学問は不要だ」

そんな考えの父親を懸命に説得して、真理はやっと短大に進学したのだった。短大の授業に物足りなさを感じていた真理は、卒業後、税理士試験の専門学校に通った。

それから2年、あと税法科目を1科目取れば、晴れて税理士の資格をもらえる。

「資格が取れたら実家の帳面は私が見るの」

いつか税理士になって、ずっと実家を支えていきたい、と真理は目を輝かせた。

「それにしてもひどい男だな、あの斑目ってやつは」

達也は斑目が「暇なら伝票でも入力していろ」と言ったことを思い出して憤慨した。

「経理部員は他の部門に食べさせてもらっている？　あの感覚はどうにかならないのかね」

達也の脳裏に、次々と斑目が吐いた言葉が浮かんできた。次第にはらわたが煮えくりかえってきた。

(冗談じゃない。宇佐見のオヤジが聞いたら、あの男、竹刀でボコボコにされるぜ)

達也の口から思わずこんな言葉が飛び出した。

「あんなやつの下で仕事をさせられるんじゃあ、時間を浪費するだけだ。もう、俺はいっさい我慢しないぞ！　俺は、ありのままの団達也になる！」

吹っ切れたように、柔道で鍛えた丸太のような腕をふり上げた。

「あの腐った会社をたたき直してやる。真理ちゃん、頼むよ」

「もちろんよ」

真理は、そんな達也の言葉を待っていたかのように、威勢よく答えた。

2人の目が合い、真理が口を開いた。

「私、北海道工業が怪しいと思います」

「いや、俺は仕入れ先の愛知パーツだと思う」

「逆じゃないですか？」

真理は、達也が酔っぱらって会社名を間違えたのではないかと思った。しかし、達也は人差し指を左右に振った。

「これは〝回転寿司〟だよ。それも〝大トロ〟と書かれた紙を載せた皿だけがグルグル回る寿司屋だ」

真理は達也が何を言っているのか、理解できなかった。

「カラクリはこうだ。何社かが組んで、伝票（納品書）だけをグルグルと回す。自分のところに回ってきたら、仕入れと売り上げを立てる。100万円の納品書が3回通過したら、売り上げは300万円に膨れ上がる」

「商品はどうするんですか？」

「俺が昔読んだテキストの事例では、商品は動かさなかったな。どうせインチキ取引

循環取引のからくり（その2）

全体の構造
商品は愛知パーツが保管したまま動かさない。各社は支払期日をにらんで売上代金を回収するが、実質的には当事者間で借入と貸付を繰り返しているに過ぎない。

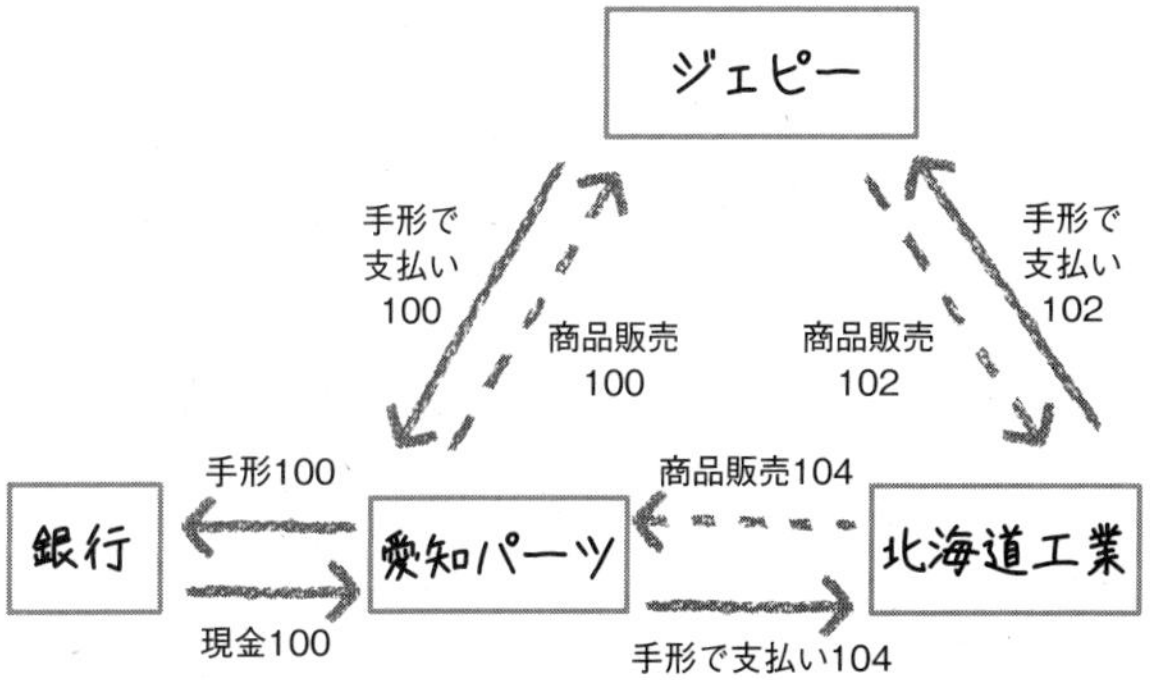

※商品価格＝100

だから商品を回す必要もないしね」

「でも、なぜそんなインチキをするんですか？」

さっぱり理解できない真理は、肩をすぼめた。

「そこなんだ。このインチキ取引の当事者たちの目的は必ずしも同じじゃないんだ」

達也はカバンからレポート用紙を取り出し、愛知パーツ、ジェピー、北海道工業と書いた。

「ジェピーの目的はおそらく売り上げを増やすことだろうな」

この点は真理も納得した。社長も役員たちも口を開けば「売上倍増」を連呼する。ボーナスは売上金額連動型になっているから、営業マンたちの頭には売上増加しかない。

「しかし愛知パーツは違う」

「この会社も売り上げを増やしたいんじゃないですか？」

「まさか。紙切れの大トロじゃ満腹にはならないよ」と言って達也は笑った。

架空の売り上げを繰り返しても現金が増えるわけではない、というのだ。

「じゃあ、愛知パーツの目的は何？」

ぐい飲みを持ったまま、真理は子供のような目をして聞いた。

「資金繰りだよ。愛知パーツは金に困っているはずだ。だから、この不正取引を始めた」

達也は、その図に矢印を書き入れて説明を続けた。

愛知パーツはジェピーから受け取った3カ月サイト（期日）の手形を銀行で割り引いて、支払いに充てる。

3カ月後の手形期日にジェピーの口座から預金が引き落とされ、愛知パーツが割り引いた銀行に振り込まれる。

「つまり、愛知パーツはジェピー振り出しの手形を担保にして、銀行からお金を借り入れているのと同じことになる」

「わかりました。でも、ジェピーだってお金はないから、どこかで調達しなくてはやっていけないはずですよね」

「その通り。どこかで同額の資金を調達しないと、ジェピーが危なくなる」

達也は説明を続けた。ジェピーは愛知パーツから購入した商品を北海道工業に販売して2カ月後に代金を受け取る。これで、ジェピーの収支は一致し、資金負担はなくなる。しかし、今度は北海道工業の運転資金が足りなくなる。そこで北海道工業が愛知パーツに売り上げを立て、愛知パーツは購入代金を期日に支払う。これで北海道工業の収支も一致する。

「でも、愛知パーツにはお金がないんでしょ？」

「真理ちゃん、うちの会社の資金繰り表を思い出してみてよ。支払い資金がショートするのは、支払い日が売上代金回収日より早いからだったよね。つまり、つなぎ資金として一時的に借り入れを起こしているわけだ。愛知パーツが資金ショートを手形の割引で食い止めることができれば資金は回り、経営は破綻しない、ということだよね」

真理は黙って頷いた。

「で、課長は愛知パーツの状態をどう思います？」

「俺は、愛知パーツは商売そっちのけでカネだけを追っている状態だと見ている」

達也は宇佐見の言葉を思い出していた。

〈倒産寸前の会社は、決済資金しか見えなくなる〉

その言葉の意味をよく理解しているわけではないが、愛知パーツに当てはまる気がしてならない。

「カネを追ってる……？」

「手形のやりくりでやっと倒産せずに済んでいるんじゃないかな」

「わかんないな。もっとわかりやすく教えてくれません？」

真理の頭が混乱してきた。

「俺はまだ実務経験がほとんどない。だから、昔勉強したテキストの事例にあてはめて言うよ。これは〝**循環取引**〟だと思う」

「循環取引？」

「ああ、この3社が共謀して、ありもしない商取引をあるように見せかけて、架空の売上高をあげたり、つなぎ資金を一時的に工面したりするわけだ」

「なぜ、そんなことを？」

「循環取引をする目的は、当事者によって違うんだ。だから、複雑でしかも悪質なんだ」

「目的が違うって？」

真理が尋ねた。

「愛知パーツは資金をつなぐため、ジェピーと北海道工業は売上高を嵩上げして見栄えを良くするためだね」

「それがなぜいけないの？」

真理は両手のひらにあごを乗せて、首を傾げた。

「3社とも商売なんかしていないのに、あたかも売り上げが増えているように見せかけているだけなんだ。そもそも、商売が成立するには2つの要件を満たさなくてはならない。まず、製品を相手先に引き渡すこと。そして、売上代金が現金で確実に回収されることだ。でも、循環取引では製品は動かない。動くのは出荷伝票と請求書だけ。それから、売上代金として入金された現金は、仕入れ先に振り込んだ現金がぐるっと回って入ってきたものだから、これは、売上代金の回収なんかじゃない。仕入れ先に貸したお金がぐるりと回って戻ってきたに過ぎない。伝票と現金が会社間を循環すればするほど、売上高は嵩上げされる。売上高で業績を判断しがちな、取引先や金融機関の評価は高くなるってからくりだ」

「それって、売上計上の要件ね。税理士試験の予備校で勉強したわ」

真理が目を輝かせて言った。が、しばらくして再び首を傾げて達也に聞いた。

「なぜジェピーは仕入代金の支払いに手形を使うんですか」

現金を振り込めばいいんじゃないのかしら？　真理は思った。

「君も知っているように、ジェピーも資金繰りが厳しいからだよ。だから、資金繰りに負担をかけないように、手形を使った循環取引をするんだ。つまり、こういうことだ。さっき話したように、愛知パーツでは、支払いのタイミングに代金入金が間に合わないために、資金がつながらなくなる。しかし、そんな危ない会社に銀行は簡単に融資してくれない。そこで、ジェピーから受け取った手形を割り引くんだ。つまり、ジェピーから受け取った手形を担保にしてお金を借りるわけさ」

「なるほど。手形の期日になるとジェピーの口座から預金が引き落とされて、愛知パーツが割り引いた手形の決済に充てられるのね」

「その通り。だが、問題がある。ジェピーにも資金を貸すだけの余裕がない。愛知パーツに貸した（手形の決済に充てた）お金をどこからか調達しなくてはならない。そこで今度は、愛知パーツから仕入れた製品を北海道工業へ売ったように見せかけ、販売代金を回収して、支払手形の決済に充てる。すると、次は北海道工業の資金繰りが怪しくなるから、ジェピーから仕入れた製品を今度は愛知パーツに売って代金を回収する。しかし、資金が払底している会社は大抵赤字だから、愛知パーツがつなぎ資金を一時的に工面しても、資金はまた足りなくなるから、また同じ取引を繰り返す。循環取引に参加しているすべての会社間で現金を回しているに過ぎない。皿の上に寿司の絵を載せた回転寿司と同じだよ。仕入れ代金に利益を上乗せして売ったように見せかけても、その分現金が増えるわけではない。画に描いた餅だ。こんなことを繰り返しているうちに、真綿で首を絞めるように資金繰りは苦しくなり、苦しさから逃れるために循環取引を増やしていく。循環を止めた途端に、最も支払い能力のない会社が倒産する。そして、最も支払い能力のある会社がその資金をすべて負担することになる……」

「だから、愛知パーツから同じ数量の納品書が繰り返し送られてきたんですね。それをそっくり北海道工業に売らないと資金が止まってしまうわけか。石田課長が北海道工業に送った仕入れと同じ内容の請求書の控えを隠したくなるのもわかるわ」

真理は目を輝かせた。

「現金は伝票とは逆の回転をする。ジェピーから見れば、仕入れ代金の支払いは愛知パーツへの貸付金そのものだし、北海道工業から回収した売上代金回収は、もとはと言えばジェピーが愛知パーツに貸し付けた現金がぐるりと回ってジェピーに戻ってきたに過ぎない。同じ金額の現金が何度も循環しているのだから、利益金額だけ決済資金が足りなくなって、未回収の売掛金がじわじわと膨れ上がるわけだ。現実的には、手形の割引料や振込手数料やらで、現金は目減りしていく。そのうち、当事者は現金を回すことだけに注意が働いて、決済金はラウンドの数字になっていく」

「ラウンドって？」

真理には聞き慣れない言葉だった。

「端数を丸めた数字のことさ。さっき会議室で君が売掛金の端数が切り捨てられて少なめに入金されるようになったって言ってたよね。あれがラウンドだよ」

「すごい！ これですべて解決ね」

真理が興奮して達也の太い腕を両手でつかんだ。

「でも、証拠がない」

学校で勉強したケースに当てはめてみただけで、事実はどうか、まだわからない。

「課長の推理は間違いないわ。私って、理論はダメだけど勘は鋭いの」

「証拠がなければ、誰も取り合わないよ」

「弱気にならないでください！ さっき、あの腐った会社をたたき直す、っておっしゃったじゃないですか」

「問題は、どうすれば証拠をつかめるか、だ……」

達也は首をかしげた。

「そうね。萌ちゃんに聞いてみようかしら」

「萌ちゃんって、あの沢口萌さん？」

「2つのおかしな取引はすべて支払いが絡んでいるでしょ。萌ちゃんは、経理の支払い部門にいるから、何か知ってるかもしれないわ」

（あの沢口萌が何かを知っているかもしれない？　冗談じゃない……）

目の前でうれしそうに寿司を食べている真理を見ながら、達也は呆れてしまった。それはいくらなんでも、ないんじゃないか？

2人は充分に食べて飲んだ。

「お勘定お願いします」

達也は膨れたお腹をさすりながら言った。

「団さん、また真理と一緒に来てくださいよ」

寿司屋の親父は、わずかな代金を請求しただけだった。

「あんなに安くしてもらっていいのかな」

「いいのよ。おじさんは団さんを気に入ったのよ」

真理は、うれしそうな顔で言った。

達也は、タクシーを拾って真理を乗せると、1人で不忍通りを千駄木に向かって歩き始めた。ここからアパートまでおよそ30分。酔いを覚ますにはちょうどよい距離だ。

達也は歩きながら、明日からなすべきことを考えた。まず、〝王川〟梱包だ。井上購買部長が王川梱包を使って、不正を働いているのは間違いない。とはいえ、証拠は充分ではない。

（最強の証拠は何だろう？）

達也は、知識を総動員して考えた。

（そうだ！　登記簿謄本を取ればいい）

玉川梱包と王川梱包の謄本を取って、内容を比べてみるのだ。特に、王川梱包の代表取締役と本店所在地が決定的証拠になるに違いない。

王川梱包がインチキ取引先であることが証明できれば、経理部が架空の仕入先に代金を振り込んでいたことがわかるはずだ。達也はワクワクしてきた。

（それを井上部長に突きつけてやる）

達也はこぶしを握りしめた。

もう１つ確かめるべきことがある。購買部の井上だけではこの不正は完結しない。経理部の誰かが井上と手を組んでいなければ代金を振り込むことはできない。冷静に考えて、一番怪しいのは誰か。

支払い担当の沢口萌。

彼女が最もこの不正を知り得る立場にあるし、彼女が支払い手続きを行わない限り、現金は王川梱包には振り込めない。

（あ、そうか……）

達也が入社初日に見た、沢口の不審な行動を思い出した。彼女が言った「見せたくないサイト」とは、これにからんだことに違いないんじゃないか。

酔いが一度に覚めた。むしろ頭はますます冴えてきた。達也は歩き続けた。団子坂を通り過ぎ、アパートまであと10分の距離だ。

（斑目部長はこの取引に関与しているのだろうか？）

彼は部下を監督する責任があるし、この会社で一番金の流れをつかんでいなくてはならない立場にある。知らないはずはない。おそらく斑目も片棒を担いでいるだろう。

もう1つの不正取引は、もっと悪質だ。これは、個人が会社の金を横領するといった次元の話ではない。

循環取引で売上高の水増しを続ければ、決算書を見る人は間違いなくジェピーを過大評価してしまう。こんな不正をして売上高を増やしても、会社の経営実態は変わらない。業績不振の愛知パーツへの資金援助が拡大すれば、ジェピーの資金繰りはますます悪化する。ビジネススクールで勉強したケースでは、循環取引のなれの果ては、ほとんどが共倒れだ。

とはいっても、この取引も決定的な証拠をつかんだわけではない。同じ部品を同じ仕入れ先から買い続け、同じ得意先に売り続けている、という状況証拠をつかんだだけなのだ。仮に、循環取引の疑いがあると問いつめたところで、あの海千山千の斑目と、やり手らしい石田が「その通りです」などと、認めるはずがない。

（決定的な証拠はないものか……）

そのとき、達也の耳に宇佐見の声が聞こえた。振り返っても誰もいない。だが、たしかにオヤジが耳元で囁いたような気がしたのだ。

〈いいか達也。悩んだときは自分の五感で確かめることだ。自分の目で見て、手で触り、耳で聞き、臭いをかぎ、味わってみることだ〉

（自分で確かめよ、か）

明日は面白い一日になりそうだ。

達也の心が高鳴った。

循環取引の先導者

朝７時。達也はジェピーの本社に着いた。初日のときと同じように、沢口萌はパソコンで何かの操作をしていたが、達也に気づくと画面を切り替えた。

「課長、おはようございます」

萌は挨拶すると、給湯室に消えた。しばらくして香りのよいコーヒーが入ったカップを手に持って現れ、達也の机に置いた。

萌は気が利く。いや利きすぎる。何か証拠があるわけじゃない。けれど、何かがひっかかる。達也は思った。白く透き通った肌、上品な言葉遣いと立ち振る舞い、抜群の服装のセンス。どれをとっても一級だ。だからこそ、この会社には不自然なのだ。彼女がなぜこの会社に勤めているのか、それがわからない。そもそも行動の端々に怪しさがにじみ出ている。おそらく誰も気づいていないだろうが。

達也はコーヒーを手に新聞を読むふりをしながら、紙面越しに萌の行動を観察することにした。萌はパソコンの操作を中断して、机の上を拭き始めた。これも彼女のお決まりの行動だ。

黙っていても男心をくすぐる容姿の萌が、うだつの上がらない経理部の男性たちに優しく接し、机を掃除し、お茶を入れる。「おはよう、萌ちゃん。今日もありがとう」と、鼻の下を長くしている彼らを見ているうちに、達也はなんだか不愉快な気分になった。

そんな萌と比べ、真理は正反対だ。会社では笑みを見せず、つっけんどんを装っているが、本当は笑顔のかわいい、粋で芯のしっかりした女性だ。顔立ちも悪くないし、長い黒髪とスレンダーなパンツが似合う。そのうえ人を疑わない。一般に、女性は男性の目を意識して行動する萌のような同性を嫌うはずなのに、真理には全くそんなそぶりがない。それどころか、好意すら持っているようだ。

8時半を少し回った頃、真理が現れた。

「おはようございます」と達也ににこりともせず挨拶をした。

それから、沢口萌には「萌ちゃん、おはよう」と、親しげに声をかけた。

萌は、二日酔いで目にクマができている真理を見て「少し疲れているみたい」と心配そうに声をかけた。

真理は、「大丈夫」と言って自分の椅子に腰を下ろした。

「ちょっと」

達也がやってきて、真理を隣の会議室に誘った。

「例の〝支払い〟の件だけど、まだ、沢口さんに聞かないほうがいいと思うんだ」

「なぜですか？」

真理は、萌に聞けばすべてが明らかになると思っている。

「理由はあとで話す。その前に頼みたいことがある。登記所に行ってもらいたいんだ」

「登記所ですか?」

「玉川梱包と王川梱包の登記簿謄本をもらってきてほしい。本店所在地は千代田区だから、大手町の合同庁舎で取れるはずだ。これで足りると思う」

達也は財布から1万円を取り出して真理に渡した。

「このことは、君と僕しか知らない」

達也は小さな声でそっと言った。

「わかりました」と言って、真理は1万円札を受け取り、上着のポケットにしまった。

ドアのほうに向きを変えて、会議室から出ようとしたときである。ドアにはまったガラスの向こうに、女性の人影が見えた。真理はすばやくその女性を追った。達也も、真理を追いかけた。しかし、そこには誰もいなかった。

「まさか、萌ちゃん……?」と真理が呟いた。

その香水の残り香は、シャネル・マドモアゼル。紛れもなく萌のものだった。

昼休みの少し前に、真理は登記簿謄本を手にして戻ってきた。

「予想通りでした」

真理は声を弾ませた。

玉川梱包ならぬ王川梱包は、実在していた。

当然のことだが、登記簿謄本の住所と代表者は違っていた。王川梱包の代表者は「井上頼子」だった。この女性が誰だかはわからない。が、井上部長の関係者の可能性がある、と達也は推理した。親類縁者ならば、井上部長は、この会社を思うがままに操れる。

社名同様住所が紛らわしかった。玉川梱包の本店所在地は「千代田区九段北10丁目1番9号」。それに対して、王川梱包は「千代田区九段南10丁目1番9号」だったのだ。

おそらく井上は、できるだけ紛らわしい住所にあるビルを捜し出したのに違いない。これだけでも証拠は十分のような気がしたが、念には念を入れることにした。

「ダメ押しで玉川梱包に確認状を出してみようか」

「確認状って？」

真理が聞き返した。

「ジェピーが玉川梱包に支払うべき買掛金は、玉川梱包から見れば回収すべき売掛金だよね。だから、ジェピーの買掛金と玉川梱包の売掛金が一致していれば、漏れもインチキもないことがわかるわけさ。監査論の授業で勉強したんだ」

「もちろん一致するはずはありませんね」と言って、真理は微笑んだ。

「もう1つの循環取引の件は一筋縄ではいかないな」

腕を組んだまま、達也は厳しい顔で言った。

「弱気にならないでください。愛知パーツからの納品書と北海道工業へ出した請求書の控えをコピーして、斑目部長に突きつけてやりましょうよ。きっと腰を抜かしますよ」

達也が入社する以前から、この疑わしい取引の正体が気になっていた真理は、のどのつかえがとれる思いだった。

「この循環取引を先導しているのは、間違いなく営業部の石田課長だよ。ただ、この不正取引を、社長と専務、それから石田課長の上司の営業部長と経理部長が知っているかどうかが気になるね」

他社（愛知パーツ）製品に自社（ジェピー）のブランドをつけて顧客（北海道工業）に販売し、品物はメーカーから得意先へ直送する。それ自体は、よくある取引だ。問題は、伝票と現金が3社間を逆方向にグルグル回って、売り上げと仕入れと利益を積み上げていることだ。

売り上げと利益には、現金の裏づけがなくてはならない、これが会計の大原則だ。たとえば売り上げ100万円と200万円の違いは、裏づけとなる現金が100万円か200万円かの違いでもある。

ところが循環取引では、売上高が100万円から500万円になっても、裏づけとなる現金はゼロのままだ。最初の100万円ですら自社が貸し付けた現金がぐるりと回って入金されたに過ぎないからだ。

「社長は、売り上げを増やせって言うだけの人ですから、むしろ喜んでいるかもしれませんね」

真理が皮肉っぽくそう言った。それから、専務も経理部長も意外に気づいていないと思う、と付け加えた。

そうかもしれない、と達也もうなずいた。間中も斑目も、会計をどこかでバカにしている。間中は「経営者には会計の知識など不要だ」と言い、斑目は「経理部は会社に食べさせてもらっている」と言う男たちだ。

〈いいかな、達也。世界中の経営者は会計情報で判断する。しかし、それがだまし絵であることに気づいていない。喜劇だ〉

宇佐見の言葉が、達也の脳裏に浮かんだ。

（オヤジの言う通り、喜劇だな）

達也はおかしくなった。

「循環取引は石田課長のほか、誰も知る者はいない、という仮説に立てば、彼をかばう者はいないはずだ。こちらから乗り込んで白状させてやるか！」

「ちょっと待ってください」

真理が制した。

「なぜ、こんなことを石田課長が始めたのかしら」

真理には、石田が循環取引を始めた理由が理解できない。

達也は、単純に石田が営業成績を上げたいからだと思っていた。

「おそらく自分の利益しか考えていないんだ、石田課長は。自分の販売実績を上げ、人よりも多くのボーナスをもらい、昇進することしか考えていない。不正を何とも思わないヤツだ。俺は許さない」

達也は、こぶしを握りしめた。

「自分の利益のために循環取引を始めた……。うーん……。もしそうだとしても石田課長は営業成績がトップで、営業部長だっておいそれと口出しできないんです。下手に石田課長に逆らったら、課長、必ず辞めさせられるわ。課長には、そうなってほしくない」

真理の目がうるんだ。

「わかった。証拠が揃わないうちは何もしない。約束する」

達也は石田とは面識がない。気丈な真理が弱気になるのは何か理由があるのかもしれない。

「真理ちゃ……細谷さん、証拠固めをしたい。手伝ってくれるね」

「もちろんです、課長」

いつの間にか気丈な真理に戻っていた。

「ドライアイかしら」と言って真理はハンカチで目頭を押さえた。

「明日、休暇を取って愛知パーツに行ってみよう」

そこに決定的な証拠がある、と達也は予感した。

翌日。

「あの2人は、どうなってるんだ！」

斑目が大声で怒鳴った。経理部はシーンと静まり、がまガエルのように醜く太った男の声がさらに部屋中に響いた。

「2人とも休暇をとっただと? 仕事をさぼるとは、けしからん奴らだ」

斑目は誰彼かまわず怒鳴りちらした。

そこに、萌がコーヒーを運んできた。すると瞬く間に、斑目は猫なで声になった。

「ねえ、萌ちゃん。君はあの2人をどう思う?」

斑目がこの経理部のマドンナに話しかけるときは、いつもこんな様子なのだ。

萌は戸惑いを見せた。

「団課長はジェピーに入社したばかりで、会社のことを覚えるのに必死だと思います。細谷さんは、私なんかよりずっと仕事ができますから、団課長も信頼しているのではないでしょうか」

「君は優しい子だね。自分勝手で組織の調和を乱す奴らにも、決して悪口は言わないからね」

斑目は、目を細めて萌を褒めた。

「ただ……。私、気になっていることがあるんです……」

突然、萌は何かを言おうとして、言葉を詰まらせた。

「何だね」

斑目は萌の顔をのぞき込んだ。

「いいえ。止めておきます」

「そこまで言ったんだ。話してごらん。誰にも言わないから」

萌は、コーヒーカップを載せたトレーを机の上に置いて、小声で囁いた。

「団課長と真理さんが何かを探ってるみたいなんです」

斑目は、見る間に険しい表情になった。

「嘘じゃないだろうね！」

すると萌は目から大粒の涙を流しながら訴えた。

「私、見たことをお話ししただけです。嘘なんかついたりしません。なのに部長は……」

萌はハンカチを目に当てたまま部屋を飛び出して、エレベータホールに向かった。

斑目は、重たい体を揺すりながら萌を追いかけた。エレベータホールに着くとそこに人気はなかった。斑目はエレベータの位置を示す表示板に目をやった。萌が乗ったと思われるエレベータはどんどん上がっていき、とある階で止まった。

間中自慢の専務室があるフロアだった。

その頃、達也と真理は名古屋の愛知パーツの工場にいた。達也は前もって、「品質管理について、ぜひ聞きたいことがある」と、愛知パーツの製造部に連絡を入れたのだった。

もちろん本当の目的は、循環取引の対象となっている製品を自分の目と耳で確かめることだ。

達也が営業部ではなく、製造部にアポを取ったのにはわけがあった。組織上、製品倉庫は営業部管轄だから、循環取引はジェピーの購買部と愛知パーツの営業部との間で行われたはずだ。

つまり、愛知パーツの製造部は循環取引については当事者ではない。一方、この不正取引の当事者である愛知パーツの営業部に倉庫を見せてほしいと掛け合っても、間違いなく拒否される。そこで、製造部にアポを取ったのだ。

製造課長の中林伸吾は、達也と真理から名刺を受け取って深々とお辞儀をした。

「何か弊社の製品に品質上の問題でも起きましたか?」

中林は困った表情を浮かべて達也に聞いた。

「品質の件で来たのではありません。実は、北海道工業向け製品のことなんですが」と、達也は切り込んだ。

「あの製品ですね。よかった。やっと出荷ですか」

中林はほっとした表情を浮かべた。

「お見せいただけますか」と達也が言うと、中林は「営業部の者も同席させましょうか？」と聞いた。

「いいえ。少し見るだけでいいんです。納品に先立って、現物を確認するために来ただけですから」

達也は平静を装って答えた。

中林は「わかりました」と言って、2人を工場の敷地内にある製品倉庫に案内した。中林が重い鉄板で作られた倉庫の扉を開けると、そこにはジェピーのロゴが印刷された製品が山のように積まれていた。

真理は、人差し指で製品が入ったダンボール箱を擦ってみた。すると、指には埃がうっすらとついた。

「ずっとこのままの状態ですか？」と達也が聞いた。

「営業部からは、品質検査結果が出るまでは出荷できない、という指示でしたから。かれこれ2年です。本当に品質検査待ちなんでしょうか」。中林は言った。

「とにかく、近いうちに引き取りますからご心配なく」。達也は答えた。

「でもね、団さん。お宅の会社に製品サンプルを渡して2年ですよ。そんな古い製品なんて使い物になりません。それでも御社は引き取っていただけるのですね」

中林は不思議そうな顔をしながら、尋ねた。

「あの、ちょっと申し上げにくいんですけど……」

真理がおずおずと中林に言った。

「すみません、洗面所を貸していただきたいんですが……。ごめんなさい」

「ご案内しましょう」と言って、中林は真理を連れて倉庫を出た。

(なかなかの演技力だな、真理ちゃん)

達也は中林と真理の背中を一瞥すると、ショルダーバッグからデジタルカメラをすばやく取り出して、埃にまみれた製品の写真を何枚も何枚も撮った。

真理と中林が戻ると、2人は中林に礼を言って愛知パーツを後にした。

「よし。これで証拠は揃った。君の機転のお陰だ。ありがとう」

「これからですよ。課長」

真理は微笑みながら達也を励ました。

仕掛けられていたカラクリ

その翌日。

「お前ら、またここで何をしとるっ」

会議室に入るなり、斑目は達也と真理を大声で怒鳴りつけた。

萌の言った通り、たしかに何かを探っている。斑目は、テーブルに山と積まれた書類を見て、そう確信した。

「こんなところで油を売るなと言ったばかりだろう！」

達也は動じることなく、積まれた書類の山を押しのけてスペースを作り、「どうぞ」と言って斑目に椅子を勧めた。それから、出来上がったばかりのA4サイズの資料を斑目の前に置いた。

それは昨日、名古屋から東京に戻ってきたあと、2人が王川梱包についてまとめた報告書だった。各ページには1つの要点だけが書かれていた。すべての数字はグラフに置き換えられ、異常点は赤色で印字されていた。

斑目は「王川梱包？〝玉川〟の間違いじゃないのか？　知らんな」とぶつぶつ言いながら、資料に目を通していった。最初は迷惑そうだった斑目の表情が、次第に曇りだした。そこに何が書かれているのか理解したのだ。

「お前と細谷が見つけたのか？」

「はい」

「証拠はあるのか？」

達也は2社の登記簿謄本を机の上に置いた。それぞれの謄本は、会社名と住所と代表取締役の欄が、黄色のマーカーで塗られていた。

斑目の眉がピクッと動いた。

達也はジェピーの「定期振込一覧表」のコピーを机に置いた。こちらには月末の振り込み相手先と金額が書かれている。

「当社が梱包材を購入しているのは玉川梱包です。ところが、振込一覧表には玉川梱包は載っていません。代わりに王川梱包という紛らわしい名前の会社がありました。おかしなことに、この王川梱包は仕入れ先リストには載っていないのです」

登記簿を持った斑目の右手が震えた。

「信じられん。だいたいこの王川梱包の代表取締役の〝井上頼子〟って、うちで働いていた井上のカミさんと同姓同名じゃないか」

（やはりそうだったか）

達也は、今が潮時だと思った。

「すみません、部長に黙って確認状を出しました。ごらんください」

玉川梱包のジェピーに対する前月末の売掛金は1000万円と記されていた。ジェピーが買掛金に計上した1200万円より200万円少ない。

確認状の余白には、真理の筆跡で、玉川梱包に対する買掛金の残高内訳と、王川梱包に対する買掛金の内訳が並んで書かれていた。品名も数量も同じだが、単価だけが違っていた。

「あの井上が……、信じられん」

斑目は絶句した。

そして次の瞬間、斑目の表情が厳しくなった。経理部長である自分にも矛先が向けられることを悟ったのだ。口座が開設されていない相手先に現金を振り込んでいたのである。間違いなく責任を取らされるだろう。

「部長。すぐに社長と間中専務に連絡してください」

達也が促すと、いつもは達也に切れてばかりの斑目が、珍しく素直に間中に電話をし、不正の概要を説明した。その声は心なしか震えていた。顔も青ざめていた。それから「すぐに伺います」と言って、達也が作った資料を無造作につかんで足早に会議室を飛び出した。

1時間ほどして、斑目から達也の席に内線電話が入った。

「団か。細谷と、それから沢口を連れて今すぐに専務室に来い」

沢口萌も呼ばれたのだ。

（思った通りだ……）

達也は、これから交わされるであろうやり取りを想像して、ほくそ笑んだ。

専務室はビルの高層階にあった。部屋からは皇居が一望できた。専務の間中は、訪れた客に窓の外に広がる景色を見せては「東京もニューヨークも大都市はあんがい緑が多いですな」と誇らしげに言うのだった。

その間中は口を真一文字に結び、目を閉じ、足を組んだまま一言もしゃべらなかった。間中のとなりのソファには、ラグビー選手のような体型の井上購買部長が座っていた。

「専務、これで全員です」と、斑目は関係者全員が揃ったことを間中に伝えた。

間中はネズミのような細く小さな目を精いっぱい大きく開いて、井上に向かって言った。

「井上、お前はクビだ！」

「クビって……、ど、どういうことですか？」

あまりに唐突だったのか、井上は何を言われたのか理解できずに、間中に聞き返した。

「しらを切るなっ。これがなんだか説明してみろ」

間中は達也と真理が作った資料を、井上の前のテーブルに放り投げた。

井上は、その資料を読み終えると、釈然としない表情をして腕を組んだ。

間中は井上に対して、機関銃のように次から次へと言葉を放った。

「王川梱包。これはお前の会社か。たしか女房の名前はここにある井上頼子だったな」

「……」

「これは、手の込んだダミー会社だな。千代田区九段南10丁目の貸事務所も、お前が見つけたんだな」

「……」

「お前が横領した金の調べはついている」

「……」

(専務は俺たちが調べたことをすべて暗記している……)

達也はおかしくなった。

「そんな会社、私は知りませんね。それに、購入代金を振り込んだのは経理部じゃないですか」

憮然として井上がそう言うと、間中は斑目に疑いの眼差しを向けて言った。

「斑目君。経理部長としての責任は感じないのかね?」

斑目はうわずった声で、「し、支払いは沢口君の仕事でして……」と弁解した。

支払業務は部下の沢口萌の担当で、自分は何も知らなかった、と斑目は責任を萌に押し付けたのである。

間中は萌に聞いた。

「沢口君。君の上司は、君が不正を働いたと言っているが、本当かね」

「私のことを……、そんなふうに……」

萌は大きな目に涙をいっぱいためて、「私は請求書通りに支払ったまでで、後ろめたいことは何もしてません」と訴え、逆に問い返した。

「すべての支払い先について、架空かどうかをチェックすることも、私のお仕事なのでしょうか? 請求書には部長の印鑑も押されていました。一般職の私には、今のお仕事以上のことはできません」

そう言うと、萌の目から一筋の涙がこぼれ落ちた。

「斑目君。そう言うことだ」

間中が言うと、斑目の声がさらにうわずった。

「わ、私はそんなつもりで言ったんじゃありません」

間中は、井上に向かって「明日から出社する必要はない」と告げた。井上が黙って退室すると、間中は天井をじっと見つめて、深いため息をついた。

「この会社はどうなってるんだ。私がいた銀行では、こんなことはあり得なかった。従業員の質の問題だな」

間中は呆れ顔でつぶやいた。

そのとき、大きな声が部屋中に響き渡った。

「こんなことで驚いてはいけません」

達也だった。

「何だね。君は何が言いたいのかね」

眉間にしわを寄せて、間中が達也をにらんだ。

「架空売り上げです」

達也は、用意したもう1冊の報告書を間中に見せた。間中は、時折口元をゆがめながら、何度も読み返した。

「証拠はあるだろうな」

「もちろんです」

達也は、愛知パーツからの納品書と請求書、販売先の北海道工業への請求書控えのコピーと、それらをまとめたエクセルシートを見せて、北海道工業の売掛金の回収が遅れていること、会社全体の利益率が低下していることを説明した。

「それだけじゃあ、なんの不正の証拠にもならん」

間中は、吐き捨てるように言った。

「同じ製品を定期的に購入販売してもおかしくはないだろう。販売単価が上がっているのも、石田君の営業努力じゃないか。売掛金残高が増えていても、毎月回収はある。不良債権とは言えない。会社の利益率が下がっていると言ったが、たかだか数%程度だろう。たいしたことはない」

あからさまに達也を見下すような態度だった。

達也はめげずに切り返した。

「お言葉ですが、これは典型的な循環取引です」

「なにいっ、循環取引だと！」

斑目が顔を真っ赤にして声を荒らげた。

「お前は、ビジネスってものが、全くわかっていないな」

斑目は達也の言葉を否定しようとした。

「わが社は北海道工業から注文を受けると、愛知パーツに生産を委託して製品を作り、それを北海道工業に販売している。それのどこがおかしい。お前は何か勘違いしてるんじゃないか」

「勘違いしているのは、斑目さん、あなたのほうですよ」

達也は言った。

「ジェピーと愛知パーツ、ジェピーと北海道工業の取引とをそれぞれ切り離して考えるから、そんな誤った結論になるのです。実態はそうではありません。ジェピーからは見えない北海道工業と愛知パーツの取引も含めた、3社間で示し合わせた偽装取引なんです」

「君、そんなデタラメはやめなさい」

あわてた斑目は達也を叱りつけた。しかし、達也は聞き流し、間中のほうを向いて説明を続けた。

「愛知パーツは年商20億円の中小企業です。ジェピーは、この会社から1取引当たり1億円、年に4回コネクターを買っています。問題はその中身です。請求書の内容は全く同じでした。しかも、この取引から得た利益は、年間でたった800万円です」

「ほんとに素人だな、君は」

間中は達也の話に口を挟んだ。

「多少でも利益が出れば、商売をする意味はあるんだよ」

達也は続けた。

「ところが、そうではないのです。当初、ジェピーと愛知パーツとの取引は年1回で、1億円ほどでした。でも、翌年には、年4回で4億円に増えました。ジェピーが愛知パーツに振り込んだ1億円が、年に4回、3社間を循環しているだけなんです」

間中が笑い出した。

いやな笑い声だった。

「ふん。百歩下がって君の推理が正しいとしよう。しかし、それでも今年稼いだ利益が800万円ちゃんとあるじゃないか」

達也は、意に介さず話を続けた。

「もちろん、通常の取引でしたら専務のおっしゃる通りです。ところが、これは通常の取引ではありません。早晩、愛知パーツは倒産するでしょう。そのとき、ジェピーが実質的に愛知パーツに貸し付けた1億円と利益相当額の800万円は、売掛金のまま回収できなくなります」

「君はこの取引を誰が始めたと思うんだね」と間中が尋ねた。

「資金繰りに窮した愛知パーツの社長が持ちかけたのではないでしょうか。当時、愛知パーツはジェピーから受注した製品の出荷指示を待っていました。売り上げを増やしたいと考えていた営業部の石田課長は、この製品を循環取引に利用しようと思い立った。そして、製品の品質に問題があるとして、引き取りを遅らせました。結局、製品は2年後の今でも、愛知パーツの製品倉庫に保管されたままです。一方で、石田課長は愛知パーツと北海道工業と示し合わせて、ペーパーだけの取引を始めました。運転資金が払底していた愛知パーツはジェピーから受け取った手形を割り引いて急場をしのぎました」

すると、斑目が横からしゃしゃり出た。

「売上代金が決済されているのだから、立派な取引じゃないのかね」

「繰り返しになりますが、売り上げを計上するには、その金額に相当する新たな現金の裏づけが必要です。ところが、年間4億円の売り上げには、1円たりとも現金の裏づけはありません。売掛金が回収されたように見えますが、これはジェピーが自社の現金1億円を愛知パーツ、北海道工業を経由して、自社の口座に振り込んだだけの話です」

「売り上げは売り上げだ。うちの会社にとってメリットがあるからそうしたんだ」

斑目は大声を張り上げた。達也は大きく首を左右に振って反論した。

「見た目の売り上げは増えるから騙される人もいるのかもしれません。うちのボーナスは業績連動型ですから、石田課長のボーナスは相当額上乗せされていると思います。ところが、ジェピーにはデメリットしかありません。だから、こんなことはやってはいけないのです」

間中専務の細い目がピクリと動いた。間中は達也に聞いた。

「それだけ言うのなら、証拠はあるんだね」

「もちろんです」

達也は答えた。

「口先だけの推理は不要だ。一目でわかる証拠を見せなさい」

間中は皮肉っぽい笑みを浮かべながら言った。

「これを見てください」

達也はA4サイズに拡大した写真を間中と斑目の前に差し出した。写真にはうずたかく積まれた段ボールの箱が写っていて、その側面には「JEPI」のロゴがはっきりと見えた。

「2年前から愛知パーツの倉庫に眠っている製品です。それから、これがその注文書です」

達也は注文書のコピーを机に置いた。

「本物という保証がなければ、私は信用しない」

「愛知パーツ製造部の中林さんに聞けば、最初のいきさつから詳しく教えてくれるはずです」

達也が話し終わらないうちに、間中は斑目に向かって怒鳴り声を上げた。

「団君の話が事実だとすると、君はその間、経理部長として何をしてたんだ！」

間中の態度のあまりの豹変ぶりに、達也は笑いが込み上げてきた。

「君は、私と団君に反論でもあるのかね」

「いえ。特に」

そう言ったまま、斑目は貝のように黙ってしまった。

「私の知らないところで、こんなことが起きていたとは……」

間中は立ち上がると、独り言をつぶやきながら窓の側に移動した。しばらくの間、皇居のほうを見すえたあと、再びソファに腰を下ろした。

「この取引は、石田が自分の業績を上げるために勝手にしたことだ。あいつの焦る気持ちもわかるが、解雇せざるを得ない」

間中は神妙な面持ちでこう告げた。

「さすが専務。すばらしいご判断です」

斑目はもみ手をしながら、お追従を言った。

間中は、腕を組んだまま目を閉じて、考え込んだ。時折その細い目を開き、達也と真理をチラッと見ては、またまぶたを閉じた。そんな動作を何度か繰り返したあと、携帯電話をつかむと「ちょっと失礼する」と言い残して、部屋を出た。

しばらくして、間中は薄笑いを浮かべながら戻ってくると、ソファに腰を下ろした。そわそわした動作が消え、口元には余裕の笑みすら浮かべていた。そして、達也のほうを向くと、おもむろにこう言った。

「団君、君の働きで不正が2つも見つかった。さすがに、宇佐見先生が推薦するだけのことはある」

間中は歯の浮くような台詞で達也を持ち上げた。達也は逆に身構えた。この男、いったい何を考えている？

「君には、わが社の将来を担ってもらわなくてはならない。そこで、愛知工場の副工場長として経営を勉強してもらうことにしたい。さっそく、社長の了解をもらって辞令を出す」

「どういうことですか」

あまりに突然の話に達也は驚いた。

「君はキャリアアップのためにわが社に入社した、と言ったそうだね。その願いが叶うんだよ」

間中はうれしそうに笑った。

「それから斑目君。君は今回の不祥事を反省して、これからは部長としてふさわしい仕事をしてほしいね」

（何だって！）

達也はのけぞってしまった。何のことはない。斑目はおとがめなしなのだ。

「経理部は他の部門に食べさせてもらっている」と公言し、経理部長として何ひとつまともな仕事はしない。しかも、この男は自分の部下にはサービス残業を強要し、理不尽に叱りとばし、一方で自分の手柄を自慢し、上司にゴマをすってきた。揚げ句の果てにおとがめなしとは！

（なんでこいつに処分を下さないんだ！）

達也は、目の前の醜く太った中年男の首根っこをつかまえ、放り投げてやりたい衝動に駆られた。

「細谷君と沢口君は、これまで通り仕事に頑張ってもらいたい」

間中は2人に向かって言った。

（おいおい、どういうことなんだ⁉）

真理は今回の功労者だ。一方の萌は、どう考えても2つの事件と深く絡んでいる。名前が酷似している会社への振り込み。3カ月に1度同じ会社から送られてくる内容が全く同じ請求書。どれをとってもあの如才のない萌が気づかないはずがない。それにもかかわらず、萌は「知らない」としらを切り通した。しかも間中はその点には一切触れずに、幕引きを図っている。

達也は、真理と萌に視線を向けた。

真理は黙ったまま間中を睨みつけている。一方の萌は、真っ白なハンカチで目頭を押さえながらうつむいている。そして、その萌に痩せた小男の間中が視線を投げかけている。心なしか、鼻の下を長くしているようにすら見える。

（もしかして間中は、萌の演技に騙されている？）

何も語らず、しかし涙を流す迫真の演技で間中の心をわしづかみにしているような萌と、仏頂面の真理を見比べて、達也はため息をついた。

間中はテーブルに広げられた資料を机の引き出しにしまうと、「これから人と会う約束があるから失礼する」と言い残して、専務室を後にした。

達也が専務室を出ようとしたとき、真理が駆け寄ってきて達也の耳元でささやいた。

「課長、愛知工場に行くんですか……？」

「役員からの業務命令となれば、仕方がない」

真理がさらに声を潜めてつぶやいた。

「あそこ、伏魔殿だって噂ですよ」

カギは愛知に

真理が退社したあと、しばらくして達也は会社を出た。大手町から千代田線に乗り、根津の寿司屋に着いたときには、8時を少し過ぎていた。

店に入ると、真理が「団さん、こっちよ」と声をかけた。

達也はカウンターの真理の隣に腰を下ろした。

「おまかせでお願いします。それと熱燗を2合」

「あいよっ」

店の親父は威勢のいい声を上げた。

「あの処分は納得いかないよ」

おしぼりで手を拭きながら、達也は鬱憤を晴らすように言った。

「そりゃあ石田課長と井上部長は悪いと思うよ。しかし斑目部長も同じくらい悪い。それなのに何のおとがめもない。沢口萌もあやしい。あまりに変だぞ」

「私もそう思うわ」

熱燗が運ばれてきた。

達也は真理と自分のぐい飲みに酒を注ぐと、一気に飲み干した。

「俺は来週から豊橋だ。あの専務の思いつきで入社して半月足らずで地方転勤なんてかなわないよ」

達也は不愉快でならなかった。

東京から2時間弱とはいえ、豊橋で暮らすようになれば真理とはなかなか会えない。そう思うと、ちょっと寂しくもあった。

真理もぐい飲みを飲み干した。

「団さん。愛知工場には経理部がないことを知ってましたか？」

達也は耳を疑った。ジェピーの主力工場でありながら、経理部がないというのだ。

「えっ」

達也が聞き返すと、真理は達也が予想もしなかったことを話しだした。

「愛知工場の権限は実質的に製造部長が握っていて、工場長には権限がないんです」

「権限がない？」

「工場長はただの冠婚葬祭係ですって」

「ということは、副工場長の俺は、完全な左遷か！」

間中の魂胆がハッキリと見えた。間中は達也を本社から遠ざけたのだ。しかも本社から遠ざけただけでなく、まったく権限のない「副工場長」という名の閑職に追いやったのだ。

「間中……、汚い奴だ」

達也の怒りは頂点に達した。

たて続けにぐい飲みを空けると、達也は真理に尋ねた。

「さっき君は愛知工場には経理部がない、と言っていたね」

達也は、その意味がよく理解できなかった。

「経理部がなくて、どうやって決算をするんだろう?」

「工場の業務課が決算に必要なデータを作成するんです」

真理は愛知工場で行われている経理業務を簡潔に説明した。

材料仕入れ、人件費、光熱費などの経費は、業務課で伝票を起票して会計システムに入力する。月末の材料在庫や仕掛品在庫の数量データ(品名や数量)も、業務課から直接本社の経理部に送って、斑目部長が金額に置き換えている。

それから、1件当たり5万円未満の現金支払いは業務課で直接払うが、それ以外の支払いは本社経理部(つまり萌)が相手先の口座に振り込んでいる。

「なぜ、こんな仕組みにしたんだろう」

達也が聞いた。どう考えても腑に落ちないのだ。

斑目は、「経理部は他の部門に食べさせてもらっている」と公言してはばからない。残業手当てを請求しないことが、会社への貢献だと信じている。

「自分が仕事をすることで、経理部の人件費を節約しようとしているのかな」。達也がつぶやいた。

「まさか!」

真理が笑いだした。

「団さんは、斑目部長をまだよく知らないから、そんなことが言えるのよ！」

酔いが回ってきたのか、真理の口調が険しくなってきた。

「いいですか。あの人は、自分では何もしないで、上司にはゴマをすりまくり、部下の揚げ足を取ってはやたらに叱る。それが、経理部長の仕事と思っているんです」

「じゃあ、なぜ在庫計算だけを自分でしているんだろう」

「もうっ、これだから、頭でっかちのエリートはだめなのよ！」

「特別な理由があるの？」

「頭でっかち」呼ばわりされた達也は、苦笑いしながら真理に聞いた。

「当たり前ですよ。あの人は在庫金額を計算することで、会社に貢献しているんです」

在庫計算で、か。ばかばかしい話だ。そんなことで何が貢献だよ。

達也は呆れてしまった。

「真理ちゃん、工場のことだけど……」

この際だ、できる限り真理から愛知工場の情報を聞き出しておきたい。

「三沢工場長について、君が知っていることを教えてほしいんだ。社長も専務も三沢さんのことは心よく思っていないって噂だ。以前は取締役だったから、任期満了で辞めさせることもできたはずだ。でも、そうせずに、給料を払い続けている。なぜなんだ」

「亡くなった前社長と、三沢さんと、コンサルタントの宇佐見さんとで、ジェピーを大きくしたって聞いたことがあるわ。功労者だからじゃないかしら」

「でも、功労者というだけの理由では、三沢さんをクビにできない理由にはならないよ」

達也は納得できない。

「三沢さんは未亡人のふみさんとも懇意だそうよ。ふみさんは、前社長の持っていたジェピー株式の全株を相続したオーナーなの」

なるほどそうか。やっと納得がいった。未亡人のふみが発行株式数の何%を保有しているかはわからない。しかし、いずれにせよ彼女がジェピーの大株主なのだ。そして息子の社長と甥の専務は、大株主としてのふみの力が怖いのに違いない。

達也にはジェピーの権力構造が見えてきた。三沢を辞めさせたら、ふみから強いクレームがくるのは必至なのだろう。だから容易にはクビにできないのに違いない。

「もう1つ理由があるわ」

真理が言った。

「ジェピーは特許料収入で成り立っている会社なの。これも噂なんだけど、ほとんどは三沢さんの発明で、特許の申請者がジェピーってことらしいわ。社長と専務にとって三沢さんは目の上のたんこぶだけど、みんなから尊敬され慕われている三沢さんをクビにしたら、従業員の心は離れてしまう。権限のない工場長として、定年までそっとしておくのが無難と考えたのね」

「ジェピーは、その三沢さんが発明したらしい特許料収入だけでも食べていける会社って聞いたぜ。なのに今は、運転資金にも事欠いている。いったいなぜなんだ？」

達也は、その理由を真理に聞いた。

「中途入社でやってきた間中専務の功名心かしら？　なんとしても自分の力で新しい事業を立ち上げたいのよ。でも、その新規事業がうまくいってないんです」

そう答えると、真理は黙り込んだ。目の前のヒラマサの握りをとって、二口で食べ終わり、ぐい飲みを空けると、達也のほうを見て、真剣な表情で話しかけた。

「だからね、団さん。愛知工場に飛ばされたって思っているでしょ。でも、団さんにとってすごいチャンスかもしれないわ」

「なぜ？」

達也は聞き返した。

「だってうちの会社のほんとのキーパーソン、三沢工場長に会えるだけじゃなく、大株主の未亡人のふみさんにも会えるかもしれないんだから」

真理は精いっぱいの表現で達也を励ました。

「真理ちゃん。この腐った会社を立て直すには、君が必要だ。これからもよろしく頼むよ」

「もちろんよ。約束したじゃない。前途を祝して、乾杯しましょ」と言って、真理はぐい飲みを持ち上げた。

第2章

〝伏魔殿〟愛知工場

工場に潜んでいた「問題」

愛知県は、名古屋のある西の尾張と、トヨタの本拠地や豊橋のある東の三河に分かれている。同じ県内だが、方言も、文化も、住民の気質も、考え方も全く異なっている。

派手好きな尾張と異なり、三河は「石橋を叩いても渡らない」と言われるほど質素な土地柄だ。三河の東半分は今でも「東三河」と呼ばれていて、その中心都市が豊橋市だ。

ジェピーの愛知工場は、豊橋港に近い工業団地の一角にあった。

豊橋駅の改札口を出ると、「ジェピー愛知工場」と書かれたプラカードを持った男性が立っていた。達也は、「ご苦労さま」とその男に声をかけた。

「副工場長ですね。業務課の木内修二です」

男は、ニコッと笑って達也を出迎えた。

2人は木内が運転する車で工場に向かった。車は住宅地を通り抜けて、工業団地に続く広い道に出た。30分ほどで工場に到着した。

事務所棟の入り口には白髪交じりの男が立っていた。

「工場長の三沢です」

男はそう言って、頭を下げた。

「団です。よろしくお願いします」

達也も深々とお辞儀をした。

「待ってましたよ」

三沢は達也の着任を心から喜んでいるようだった。

「今夜、木内君を交えて3人で君の歓迎会をしようと考えています。予定はありますか」と、三沢が聞いた。

「いえいえ。ありがとうございます」

物腰の柔らかさといい、丁寧な言葉遣いといい、本社にいるあの連中とは大違いだ、と達也は思った。

「これから工場団地の集まりがあるので、またあとで」

三沢はそのまま駐車場に向かった。


夜。歓迎会は駅の東口に近い居酒屋で行われた。

三沢はみそおでん、近海で取れたハゼの唐揚げ、蛤の塩焼きを注文した。日本酒を飲み交わし、程よく酔いが回った頃、三沢はしんみりとした口調で、達也に話しかけた。

「団君は、宇佐見先生のお弟子さんだったよね」

「ええ」

「宇佐見先生……。懐かしいなあ。私は名古屋の工業大学を卒業してから、しばらくこっちのメーカーに勤めていたんだが、配属されたのが購買部でね。そしたら会社の取引先がジェピーでね、そこで先代社長と出会ったんだよ。エンジニア志望の私はものづくりがしたかったから、亡くなった先代に『来ないか』と誘われたときは本当にうれしかった。その入社面接で、先代の隣にいらしたのが宇佐見先生だった……」

木内が口を挟んだ。

「この会社の特許は大半が三沢工場長の発明なんです」

「そうでしたか」

達也は驚いてみせた。なるほど真理の言う通りだ。

「木内君。もういいよ。昔の話だ」

三沢は話題を変えた。

「ところで、宇佐見先生には最近会ったかい？」

「いえ、ずいぶんご無沙汰しています。シンガポールから帰って以来、まだお目にかかってないです」

三沢の顔が曇った。

「じゃあ君は、先生が脳梗塞で倒れたことを知らないのかね」

なんだって。

達也は思わず手にした割り箸を落とした。

「脳梗塞、ですか」

「そうか、知らなかったのか」

三沢は達也の顔を見た。

帰国以来、達也は宇佐見にあえて連絡をとっていなかった。「ジェピーで成果を出すまで、俺に頼るな」という宇佐見の手紙の言葉を、堅く守っていたからだ。それがこんなことになるとは……。電話1本でもいいから連絡を入れておくべきだった。後悔の念が達也を襲った。

「それで……、それで、先生は、今は元気になられたんですか」

「それがね、どちらで療養されているか、私も聞かされていないんだよ」

「え？」

「何度かご自宅にお電話したんだが、つながらなかった。てっきり君に聞けば、先生の居所がわかるとばかり思っていたんだ」

オヤジ、いったいどこに行ったんだろう。達也は懸命に記憶の糸をたどった。あ、そういえば、大学時代に、原稿を書きに伊豆の別荘にこもる、という話を聞かされたことがある。たしか、大室山の近くだったはずだ……。

「伊豆の別荘、かもしれないですね」

あそこならリハビリにもってこいの場所だ。

「工場長、別荘の住所はご存知ですか？　僕は残念ながら知らないんですが」

達也が聞くと、三沢は首を横に振った。

「私も知らないけれど、もしかしたら奥さんならばご存知かもしれない」

「奥さんというと……」

「先代未亡人の財部ふみさんだよ」

真理が言っていたジェピー大株主のあの未亡人のことか。

「でもね……」

「でも、何ですか？」

「ふみさんも心筋梗塞を患って入院しているんだ」

三沢は寂しそうに言った。

「お見舞いに行かれましたか？」

「2、3日前に、お嬢さんから連絡があったんだよ。それで初めてふみさんのご病気のことを知ったんだ。最近は散歩ができるまで回復されたそうだが……」

「お嬢さんって……？」

「先代のお嬢さんの早百合さん。彼女のことは子供のときから知っているよ」

過去の懐かしい1コマを思い浮かべているのだろうか、三沢は昔を振り返るような表情を浮かべた。三沢工場長は先代社長の家族と身内同様のつき合いをしてきたのか……。

「工場長、ふみさんや早百合さんとは頻繁に連絡をとられていたんですか？」

達也が聞いた。

「いや、早百合さんから電話をもらったのも1年半ぶりだった。それまでは私もふみさんが倒れたことを知らなかった」

三沢の話によると、ふみはまだ入院中だ。なぜ、早百合はこの時期、急に三沢に連絡してきたのだろうか。ふみが病いに倒れたという知らせなら、すぐに連絡をよこすだろう。今この瞬間に、三沢に伝えたいことがあったからではないのか。

「三沢さん、奥様のお見舞いに行く予定はありますか?」

達也はストレートに聞いてみた。三沢は、戸惑った表情を浮かべ、腕組みをしたまま考え込んだ。

「ふみさんにご心配をかけたくないしね……」

「会いたがっていると思います。ふみさんは」

「でもね……」

三沢は煮え切らない返事を繰り返した。

「お会いしなければ、後悔するかもしれませんよ」

三沢は再び腕組みして考え込んだ。

「そうだな。一度お見舞いに行ってこようか」

すると、さっきまでおとなしく飲んでいた木内が口を開いた。

「工場長、この際です、奥様にうちの会社の実態を伝えていただけませんか」

達也は木内の気持ちをよく理解できた。この会社は、一方で粉飾に走り、また一方で毎月の資金をつなぐことにきりきり舞いしているのだ。まっとうなビジネスを追求するのではなく、その場を取りつくろいながらカネを追っているだけだ。そして、創業者未亡人のふみは、おそらくその事実を知らないのではないか。

「ふみさんは、心臓を病んでいるんだ。うっかりそんな話を伝えるわけにはいかんよ」

「工場長は、社長や専務に何度も改革を訴えているじゃありませんか。でも、いつも反故にされてきた。彼らは工場長である三沢さんの助言を端から聞こうともしない……」

木内は、悔しくて我慢ならないといった表情で、両手のこぶしを握りしめた。

「もう少し待ってくれないか。私も、ただ手をこまねいてるわけではない。わかってくれ」

そう言って木内の肩をぽんと叩いた。

「ところで団君。明日は私が工場を案内しよう」

と言って、三沢はコップの日本酒を一口飲んだ。

「ぜひ、お願いします。宇佐見先生から、現場から目を離すなって、よく言われました」

「その通りだね。工場が抱えている課題が見えてくるはずだ」

現場の実態と〝数字の魔術師〟

翌朝7時、達也が工場から2キロほど離れた会社の貸り上げアパートから歩いて出社すると、三沢はすでに工場長室で書類に目を通していた。

「早いですね」

達也は驚いた。冠婚葬祭要員のはずの工場長がこんなに早く出社しているのだ。

「団君、工場のレイアウトだ」と言って、三沢は手書きの見取り図を達也に見せた。

「これが材料倉庫と製品倉庫。それから工場には10の製造ラインがあって、コネクターと可変抵抗器がそれぞれ4ライン。残りの2つがマイクロスイッチだ」

それから、コネクターは配線を接続するために用いられる部品であること、可変抵抗器は手動による操作で電気抵抗を変化させる電子部品であること、小型マイクロスイッチ回路はONとOFFを切り替える部品であり、どれも携帯電話をはじめとした電子機器に使われていると、達也に説明した。

「亡くなった先代はマイクロスイッチに命を懸けていたんだ。私も工場に泊まり込んで開発に取り組んだものだよ」

木内が昨日言っていた特許権とはこのスイッチに関する発明のことだな、と達也は思った。

「君はもう承知していると思うが、ジェピーは特許料収入でなんとか存続している会社だ。他の事業は赤字だよ。つまり、この工場自体は十分な価値を作り出してはいない」

「価値を作り出していない？」

達也はその意味が理解できなかった。工場は「製品を作る場所」と思っていたからだ。ところが三沢は、工場とは「〝価値〟を作る場所」だと言うのだ。

「機械が動き出したら一緒に工場を回ってみよう。その前に、これに目を通してくれないか」と言って、三沢は製品リストと組織図を達也に渡した。

達也は椅子に腰を下ろして、分厚い製品リストをぺらぺらとめくった。そこには製品名と売価が書かれていた。

ジェピーが製造販売しているコネクターと可変抵抗器の売価は1個100円に満たなかった。中には50円に満たないものもあった。ところが、マイクロスイッチの売価は1000円を超えていた。

「こんなに売価が違うのですか？」と、達也が聞いた。

「スイッチ、コネクター、可変抵抗器は種類が多い。高いのも安いのもある。だが、うちのスイッチは特別だ。他社に同じものは作れない」

三沢の説明を聞いて、達也は何か変だなと思った。競争力があって、一番単価の高いマイクロスイッチの製造ラインは2つだけなのだ。

(利益率が悪いからなのか?)と、達也は考えた。

次に、組織図を机に広げた。

「なんだこれは?」

それはとんでもない組織図だった。工場のトップは石川製造部長となっていて、組織図に「工場長」という役職がないのだ。

達也は目を皿にして組織図を注意深く見た。庶務係に「工場長(嘱託)三沢充」と書かれているではないか。三沢は表向きは工場長だが、実際は単なる嘱託だったのだ。

(どうなっているんだ、この工場は!?)

あまりにも変だ。

スイッチはジェピーがいくつかの特許権を持ち、競争力が高い製品だ。それなのに、この愛知工場はスイッチの生産に力を入れてはいない。

そして、スイッチの開発責任者である三沢に実権はなく、閑職に追いやられている。これもあの間中の仕業なのか。

「工場長。この図は？」

「団君。わかっただろう？　そういうことだ」

（間中めっ！）

達也は握りしめたこぶしで、思いっきり机を叩いた。

達也が工場長室を出ると、木内が待ちかまえていたかのようにやってきて、副工場長室に案内した。それは名ばかりの個室で、古い帳票書類と壊れたパソコンが所狭しと置かれていた。

「副工場長の席は、私の隣のはずだったのですが、たった今、会議で東京に行ってる石川製造部長から電話があって、この部屋を副工場長室にするように言われたものですから……」

木内は申し訳ないと言って何度も頭を下げた。

「製造部長は本社にはよく行かれるのですか」

達也が聞いた。

「週のうち、豊橋が3日、東京2日くらいでしょうかね。まあ豊橋が3日と言っても週一のゴルフは欠かしませんけど」

「ウィークデーにゴルフですか？」

「ゴルフも大切な仕事だそうです」と、木内が皮肉っぽく言った。

「製造部長が3日も不在で大丈夫ですか？」

「金曜日に翌週の予定を指示して、あとはガミガミ現場を叱り飛ばすだけです。日常の仕事はラインごとに責任者が決まっていて、彼らが判断して進めています。それぞれがミニプロフィットセンターになっているんです」

達也は仰天した。工場の現場で「ミニプロフィット」などという管理会計の専門用語を聞くとは、思ってもいなかったからだ。

この工場では、ラインごとに売り上げ目標だけでなく利益目標も設定し、工場全体を管理しようとしているのだ。

「石川部長は、ミニプロフィットセンターごとに利益がわかるから工場にいる必要はない、って言うんです。そんなに簡単に工場経営なんてできないと思うのですが……」

木内は達也に訴えかけるように言った。

そのとき、昼の休憩を知らせるチャイムが鳴り響いた。

「食事にしましょうか」

木内は達也を食堂に案内した。

2人はトレーに魚のフライと真っ黒なみそ汁を載せて、空いている席に腰を下ろした。

「昨日の料理もそうでしたけど、こちらは赤みそをたくさん使うのですね」

関東で育った達也は、赤だしをすすりながら言った。

「みそおでん、みそかつ、五平餅、どて煮。赤みそを使った料理だらけですよ」

木内はうれしそうに笑った。

「昨日は、3人で2升は空けましたね」

「おいしい酒でした」

達也は礼を言った。

「副工場長があんなに酒が強いとは……。仲間ができてうれしいですよ」

「木内さん。2人のときは、団、でいいですよ」

「わかりました。団さん」と木内が言うと、達也は笑顔でうなずいた。

2人はあっという間に昼食を平らげた。

「少し歩きませんか」

達也が木内を誘った。例の組織図が達也の脳裏から離れない。

「三沢工場長は、愛知工場では全く権限がないのですか？」

達也は単刀直入に聞いた。

「仕事は忙しいのですが、権限はありません」

「どういうことですか？」

達也が聞くと、木内は悔しそうな表情をして言った。

「今の社長と間中専務が、もともと常務取締役工場長だった三沢さんを取締役から外して、すべての仕事と部下を取り上げたんです。それまで三沢さんの部下だった石川さんが取締役製造部長になりました。間中専務は管理部門と製造部門の両方の責任者です」

「間中専務は技術のことはわかっているのですか？」

達也が聞くと、木内は首を左右に振った。

「三沢さんへの対抗意識でしょうかね。以前はマイクロスイッチが会社の主力製品だったのですが、突然、可変抵抗器とコネクター事業を始めたのです」

「それでうまくいったのですか？」

達也が聞いた。

「失敗です。電子部品業界は甘くありませんよ。でも……」

「でも、なんですか？」

「ミニプロフィットセンターは黒字だって言うんです。不思議なことに、この工場全体も黒字なんだそうです」

（三沢工場長は赤字だと言っていたのに……、どういうことなんだ）

達也は首をひねった。

昼の休憩終了5分前を告げるチャイムが鳴り響いた。

「銀行に用事がありますから」と言って、木内は自分の席に戻った。

達也も狭い副工場長室に戻ると、カバンからノートを取り出してペラペラとめくった。そこには、真理と一緒に調べたジェピーの情報がびっしりと書かれていた。

達也はノートを見ながら考えた。

木内はこの工場が黒字だと言った。だが、ジェピー全体としてはわずかに黒字であるものの、愛知工場で利益が出ているかどうかは、月次決算書からはわからない。

なぜなら、工場はコストセンターに過ぎないからだ。達也はビジネススクールで勉強したことを思い浮かべた。工場つまり製造部に関する会計情報は製造原価だけだ。

売り上げは営業部門で計上される。利益は売り上げからコストを差し引いた概念だから、利益を計算するには、営業部の売上高と製造部の製造原価の情報が必要だ。ところが、木内はライン別利益と工場利益を口にした。つまり、工場と生産ラインをそれぞれプロフィットセンターとしているのだ。

なぜ、利益を計算するのかというと、業績を測定するためだ。ここでの売上高は財務会計の売上高ではなく、あらかじめ設定した製品ごとの営業部への引き渡し価格(仕切価格)を売上高と見なすのだ。その見なし売上高とも言うべき金額から、この工場やラインごとの完成品原価の合計額を差し引いて、それぞれの利益つまり業績を計算しているのだ。

おそらく、それなりの管理会計知識を持った者が、こうしたミニプロフィット概念を広めたに違いない。誰なのか。間中専務? あり得ない話ではない。何しろ彼はハーバード・ビジネススクール出のMBAホルダーだ。

では、実際に毎月の利益計算をしているのは誰か。斑目部長? あの男にそんな能力があるとは思えない。彼は「経理の仕事は決算書の作成と税金計算がすべて」と思い込んでいる男だ。

他に誰かいないか……。沢口萌? こちらもあり得ない話ではない。間中が沢口に計算させて、管理会計を使って豊橋工場の実態をつかむ……。間中はその計算結果を見て石川製造部長に指示し、石川はライン責任者を叱り飛ばしているのではないか。

しかし——。こんな単純な仕組みで工場を統制できるのだろうか。
そのとき、達也は宇佐見の言葉を思い出した。

〈会計数値を鵜呑みにしてはいけない〉


達也の席に三沢がやって来た。

三沢は「団君、そろそろ行こうか」と言って、帽子を差し出した。

「製造現場は、材料の流れに沿って見学するとよくわかるんだよ」

三沢が最初に案内したのは、部品倉庫だった。そこは段ボールの箱が所狭しと置かれていて足の踏み場もなかった。

「ものすごい量ですね。これ全部、会社の材料ですか」と、達也が聞いた。

「正確に言えば、あそこの検収済みの部品がうちの材料在庫で、こちらの検収前の部品は業者のものだ」

「検収ですか……」

もちろん達也は「検収」という言葉は知っている。しかし、検収という行為がどのような意味を持つものかは知らなかった。

そんな達也の戸惑いを察してか、三沢は説明を始めた。

「業者から届いた部品が、質・量ともに問題ないとは限らないからね。だから、受け入れ検査をするんだよ。問題がなければ会社の在庫として受け入れる。この手続きが検収だ」

もし届いた部品が注文した条件を満たしていなければ、返品することもあれば、値引きを要請することもある。

「そう、検収は関所のようなものと考えればいい。不良品がここをすり抜けたら、わが社の損害として降りかかってくるからね」

(関所か。うまいことを言うな)。達也は感心した。

たしかに、製品の品質の大部分は、使う材料の品質で決まる。不良品は入り口で食い止めないと、あとが大変だ。

「不良部品を使って製品を作っても、その製品は出荷検査をパスしない。もし、出荷検査をパスしても、得意先から返品される」

不良品の発見が遅くなればなるほど損害は膨らむのだ。

「そうなると材料費も、加工費も、すべてジェピーが負担することになるんですか?」

達也が聞いた。

「明らかに部品の不良が原因であれば、材料代は仕入れ業者に請求することになる。

しかし、受け入れ検査をしっかりしていれば、加工作業はせずに済んだはずだ。不良品を作るために機械を動かし、作業者が働いたわけだから、もったいない話だ。こんなムダをなくすために、検収は重要なんだよ」

三沢の説明を聞きながら、達也はビジネススクールで勉強した事例を思い出した。食品加工を営む会社は食の安全のため、徹底して「入り口管理」をしているという話だ。

材料を受け入れるときに徹底的にチェックしておけば、社内の安全管理だけに神経を集中できる。そうすれば、出口管理は少ないコストで済む、というものだった。

電子部品メーカーであっても、理屈は同じなのだ。

「でも、何万点という部品を一つひとつ検査するのですか」

首を傾げながら達也が聞いた。

「それは不可能だね。それに、品質に問題のない部品を作るのが仕入先の責任だから、できる限り受け入れ検査のコストは省きたい。そうなると、信用できるメーカーとだけ取引をすることになる。ジェピーとしても積極的に技術指導をしなくてはならない。それができれば、抜き打ちで一部を検査するだけでも目的は達成できる」

たしかにその通りだ、と達也は思った。しかし、それにしても検査担当者が少ないのはなぜなのだろう。

「抜き取り検査をしているのは、スイッチに使う部品だけなんだ」

「他の部品はしないんですか?」

「コネクターも可変抵抗器の部品も、検査なしで受け入れている」と言って、三沢はため息をついた。

「信頼できる業者から購入しているからですか?」

達也が聞くと三沢は首を左右に振った。

「いや、全く違う理由なんだ。石川部長に言わせると、部品の品質に問題があれば、出荷検査でわかるから、受け入れ検査にコストはかけたくないらしい」

「それって、石川部長が決めたルールなのですか?」

「いや、ジェピーの方針だ。ただスイッチだけは、仕入先の技術支援と抜き取り検査をするようにしている」と言うと、三沢は製造現場に向かった。

そこには自動機がズラリと並んでいた。

「全部、ロボットだよ」

三沢は見取り図を広げて達也に見せた。10のラインには、それぞれロボットが設置されていた。

「あそこの4台がコネクター、その向かいにある4台が可変抵抗器、それからこの2台がマイクロスイッチを作る生産ロボットだ」

「すごいですね」

大量の製品を瞬く間に作るロボットを見ながら、日本のような賃金の高い国では、オートメーションで作らないと価格競争に勝てないのだろう、と達也は考えた。

そのときである。三沢は声を荒らげて独り言を言った。

「ロボットなんかに頼っているからダメなんだ」

三沢の言葉に達也は耳を疑った。

ぐるりと工場を見渡すと、10台のロボットが整然と設置されていて、数人の作業者が機械を調節したり、材料をセットしたり、とせわしく動いている姿が見えた。

しかしよく見ると、コネクターと可変抵抗器を作るロボットのうち動いているのは、それぞれ2台だけだった。つまり、半分のロボットは止まったままなのだ。

「なぜ動いていないんですか?」

達也は三沢に聞いた。

「注文がないか、故障しているかだろうね」

(注文がない?)

達也は違和感を覚えた。決算書にはかなりの額の外注加工費が載っていたからだ。

「でも、協力会社に外注しているんですよね」

「団君、ここにあるロボットで、受注したすべてのコネクターやスイッチを作れるわけではないんだよ」と、三沢は力を込めて言った。

「頻繁に故障するのですか?」

達也は故障のことも気にかかった。

「実はね。スイッチのロボットは愛知工場で製作している。だが、ほかは外部の会社に発注しているんだ」

達也には三沢の言う意味がわからなかった。ロボットを社内で作るのと、別会社で作るのとでは、何が違うのか。内部で作ればお金は外へは出ていかない。しかし、外部に発注すれば多額の現金が出ていってしまう。

(それだけだろうか?)。達也は考えた。

そこに、眠たそうな目をした男がやってきて達也にお辞儀をした。

「マイクロスイッチ製造課の金子順平といいます」

男は、自己紹介が終わるとあくびをかみ殺した。

「彼は地元の国立大学を出たエンジニアでね、ロボット作りの天才だよ」

三沢は金子を褒めた。

「スイッチのロボットはすべて金子君が作ったんだ。ほかは、蓬莱エンジニアリングという会社に発注している」

「なぜ、自社で作らないのですか？」

達也はその理由を三沢に聞いた。

「作らないのではなくて、作れないんだよ。コネクターと可変抵抗器の製造部門には、ロボットを作るスキルを持った技術者がいない」

ロボットは社内で作らないとダメだ。ロボットの製作を外注したのでは、ノウハウが社外にもれてしまう、と三沢は強調した。

だが、ジェピーは外部の会社に頼らないとロボットを作れない状況にある。それでいて、ロボットでコネクターと可変抵抗器を量産して儲けようとしている。そんな都合良く話が進むのだろうか。達也は思った。

「団君。ロボットはここにある10台だけじゃないんだよ。この建物の後ろに機械倉庫があってね、使わなくなったロボットが何台も埃を被っている」

三沢は寂しそうに呟いた。

「その機械倉庫を見せていただけませんか」

「自分の目で確かめたいんだね。さすが宇佐見門下生だ」と言って三沢は達也を案内した。

機械倉庫には大きな南京錠がかけられていた。三沢は腰にぶら下げた鍵で錠を外して、扉を開けた。

すると、錆だらけの何台ものロボットが、達也の目に飛び込んできた。

「これ、どういうことですか?」

達也は三沢に聞いた。

「石川製造部長が、ロボットに頼りすぎているからだよ」

「ロボットに頼りすぎている……ですか?」

達也には、三沢が言った言葉の意味がよく理解できなかった。すると三沢は教師のような語り口で、その理由を説明した。

「新製品を発売しても、それが売れるとは限らない。それに、製造した製品の品質が最初から安定しているわけでもない。作り始めは失敗が多いものだ。だから、最初は手組みといって、簡単な機械を使って人が作るんだよ。それから売れ行きを見ながら、製造上の課題を1つずつ取り除いて、ロボットによる生産に移行するんだ。でも、石川君は最初からロボットで作ることに決めている」

なるほど、と達也は思った。

ジェピーが作っているコネクターと可変抵抗器は売値が安い。1つ売っても利益はせいぜい数円だ。百万個売っても数百万円の売り上げにしかならない。

そこで石川は、大量注文に対応できるように、新製品開発と並行してロボットによる生産を前提としているのだ。

だが、まだ腑に落ちない。仮に新製品が売れなければ、その機械で別の製品を作ればいいのではないか。なのに、なぜ錆だらけのロボットが横たわっているのか。

「うちで使っているロボットは専用機なんですよ。だから、製品の種類が違うと使えないんです」。金子が眠たそうな目をしながら答えた。

（なんてこった。こんなことをしていて利益を出そうなんて、虫がよすぎるぜ）

ロボットが使われなくてもコストはかかる。もっと深刻な問題は、ロボットの製作に使われた現金が新たな価値を生み出していないことだ。何せロボットは使われないまま倉庫に眠っているのだから。

達也はまた宇佐見の言葉を思い出した。

〈蒸発した水が雲になり、雨となって再び地上に帰ってくるように、会社の現金も回り続けなくてはならない〉

これまでにロボットを作るために、何億円という現金がつぎ込まれたはずだ。製造部長の石川にそんな大金を支払う権限があるはずがない。しかも、この工場には、三沢や金子といったスイッチのスペシャリストがいるにもかかわらず、投資はもっぱら可変抵抗器とコネクター工場と機械に重点的に行われてきた。

(間中だ!)

あの男が自分のプレゼンスを高めたい一心で、こんなムダの山を築いたのだ。コネクターも可変抵抗器も、進化は日進月歩だ。しかも、市場は大きい。新製品を誰よりも早く世に送り、よりスピーディに量産体制を築くことが肝心なのだ。そこで、間中と石川は、新製品の開発とその生産を量産するロボットに時間とカネを投入したに違いない。

ところが、思惑通りに事は進まなかった。マイクロスイッチのラインを除いて、まともに動いているラインはひとつもない。しかも、機械倉庫には、錆だらけのロボットが無残な姿で放置されている。達也は、こみ上げてくる怒りを必死に抑えた。

3人は生産現場を横切って製品倉庫に移動した。

「ここも、すごい在庫量ですね」

材料倉庫同様、この倉庫にも足の踏み場もないほど大量の製品が置かれていた。

「決算期末近くなると、いつもこうなんだ」

三沢はパレットに積まれた製品を見つめて言った。

「いつもって?」

達也が聞き返した。

「特に最近、在庫の増加が止まらないんだよ」

(在庫が増えている?)

達也は三沢の言葉に引っかかりを感じた。

「団君。それだけではないんだ。普段では決してあり得ないことが起きる」

「どんなことですか?」

達也が聞いた。

すると、三沢は振り向き、「私が説明するより、君の目で確かめてほしい」と言った。

「どうすればいいのですか?」

達也は戸惑いながら聞いた。

「君は、在庫の実地棚卸しをしたことはあるかな」

「いえ、一度もありません」

達也は正直に答えた。もし、ここに真理がいたら「課長は頭でっかちなんだから」と冷やかされるのは目に見えている。おそらく、三沢もそんな気持ちだろう。

とはいっても、実地棚卸しとは、決算期末に製品、仕掛品、材料を実際にカウントして、在庫数量と金額を固め、1年間の利益を確定させる重要な手続きであることくらいは知っている。単に経験したことがないだけだ。

ビジネススクールで勉強した会計のテキストには、実地棚卸しが大切な手続きであることが繰り返し書かれていた。在庫の数を数えることがそんなに大切なことなのか、正直なところ達也にはぴんとこない。

「いい機会だ。ぜひ、棚卸しに立ち会ってくれないかな。実は、さっき君に言った、普段では決してあり得ないことは、棚卸しの1週間前から当日にかけて起きるんだ」

そう言うと、三沢は再び歩き出した。

副工場長室に戻ると、達也は疑問に感じたことをノートに書き出した。

材料倉庫には、大量の部品が置かれている。製品倉庫にも在庫があふれ返っている。製造現場には10台のロボットが設置されていたが、このうち8台が、コネクターと可変抵抗器を製造するロボットで、そのうち4台は止まったままだ。しかも、機械倉庫には10台を超える錆だらけのロボットが無造作に放置されている。

どうやら、間中がムキになって進めている新しいビジネスはうまくいっていない――。そう考えても不思議ではない。

ところが木内は、この工場は利益が出ているし、生産している製品はすべて黒字だと言っていた。

(やはり数字をいじっているな)

達也は、間中がどんな手を使って数字を操作したのか、考えてみた。答えはすぐに浮かんだ。

ビジネススクールのテキストにある典型的な利益捻出術を使ったのだ。つまりこうだ。

製品在庫量が増えるということは、生産量を増やしていることにほかならない。工場で生じるコストは、材料費のほかに人件費と経費がある。これらは、生産量が増減しても毎月ほぼ一定額かかる固定費だ。たとえば、1カ月の固定費を100万円とする。生産量が1000個ならば製品1個当たりの固定費は1000円だ。だが、もしも生産量を10倍に増やせば、1個当たりの固定費は10分の1の100円になる。つまり、生産量を増やすほど製品原価は安くなり、利益が増えることになるのだ。

(おそらく、この手を使ったんだな)

そのとき、木内が書類を持って部屋に入ってきた。

「来週の棚卸しの実施要領です」と言って達也に手渡した。

「木内さん。ひとつ教えていただきたいのですが」

「私が知っていることなら」

と木内はいつもの真面目な顔で答えた。

「さっき木内さんは、この工場も、ここで作っている製品も利益が出ているって言ってましたよね」

「ええ、その通りですが」

「そこで聞きたいのですが、木内さんは本当にこの会社が黒字だと思いますか？」

達也は単刀直入に聞いた。

「経理部長の斑目さんが言うのですから、黒字だと思いますけど……」

木内は戸惑いながら答えた。

「でも、ロボットの稼働率は低そうだし、しかも、使ってないロボットをいっぱい抱えています。これで本当に利益が出るのでしょうか？」

「実は、正直言って私にも儲かっているという実感はありません」

木内は率直に自分の気持ちを伝えた。

「もしかしたら、売れる予定のない製品を決算月に大量に作って、計算上の製品原価を少なくしているのではありませんか？」

達也は自信を持って聞いた。ところが、木内の答えは意外だった。

「私は経理のことはよくわかりませんが、今月の生産量はそんなに多いわけではありません」

生産量が変わらないのが事実とすれば、達也の仮説は根底から崩れてしまう。

「本当ですか？」

達也は聞き返した。

「本当ですよ。製造部門は毎日の生産実績報告書を作成しています。私がそれをまとめて、斑目部長と石川部長に報告していますから、間違いはありません」

木内は断言した。どうやら話はそう単純ではなさそうだ。

（俺の考えが間違いだとしたら、どうやって利益を捻出しているんだろう）

すると、木内は聞き捨てならないことを口にした。

「斑目部長は〝数字の魔術師〟って呼ばれていますからね」

（斑目が魔術師だって!?）

達也は自分の耳を疑った。経理部は他の部門に食べさせてもらってるだとか、経理部員はサービス残業することが会社への貢献だとか、本気で公言する男だ。

「あの斑目部長が、ですか？」

達也は思わず聞き返した。

「社内では有名な話ですよ。間中専務も斑目部長の〝魔術師〟としての才能を買っている、って聞いたことがあります」

（あり得ないだろう！）

達也は気分が悪くなった。あんなやつに何ができるというんだ。

だが、仮に生産量を変えずに利益を水増ししているとしたら、いったい斑目はどんな手を使ったのだろう。

ここまで考えたとき、達也はジェピーの資本金が10億円であることを思い出した。つまり、会社法監査を受けなくてはならない会社なのだ。

ということは、来週の実地棚卸しには、公認会計士が立ち会うはずだ。会計監査を受けているのであれば、決算数値は簡単には操作できない。

「木内さん。愛知工場に経理部はなかったですよね。本社経理部から要求されたデータを送っているっておっしゃってましたね」。達也は確認した。

「ええ。すべての経理データは業務課で作成して本社に送ります。これらは最初に斑目部長が目を通してから、専務と社長に報告されることになっているんです。営業部のデータも同じですよ」

「どんなデータを送るのですか?」

達也が聞くと、木内はすらすらと答えた。

「製品ごとの完成数と出荷数、種類別の部品仕入れ数、従業員別の就業時間、それと工場経費の金額です」

「それだけですか?」

達也が念を押すと、「そうそう、大切なデータを忘れてました」と言って、木内は棚卸し数量を付け加えた。

「工場は年1回、実地棚卸をして在庫数量を確定して、結果を本社経理部に報告しています」

「ということは、在庫数量を金額に置き換えるのは、本社経理部ですか?」

「そうです」

「経理部は徹夜の連続でしょうね」と、達也が聞いた。

達也自身経験したことはないが、棚卸し結果を金額に置き換える作業は大変だと、ビジネススクールの教授から聞いたことがある。

ところが、木内は意外なことを口にした。

「いえ、斑目部長が1人で計算してます」

「仕掛品の金額計算も、ですか」

「もちろんです」

そのとき達也は、真理が「あの人は在庫金額を計算することで、会社に貢献している」と言っていたことを思い出した。

（このことだったのか……）

だが、達也はまだ信じられなかった。部品在庫や製品在庫の金額計算はコンピュータを使えば手間はかからない。しかし、製造途中の在庫（仕掛品）は、そうはいかない。仕掛品の金額は、材料費と加工費から構成されていて、仕掛品在庫がどの工程まで進んだかによって加工費は全く変わってくるからだ。

たとえば、コネクター製造用の材料をロボットに投入した直後と、すべての加工作業が終わり最終検査待ちの状態では、同じ製造中の在庫といえども、加工費は全く違ってくる。つまり、加工進捗度に応じて仕掛品の金額は刻々と変化する。この複雑な作業を斑目が1人で行うというのだ。

「在庫金額」はコンピュータでは計算できない？

部品在庫や製品在庫の金額はコンピュータを使えば簡単に計算できるが、製造途中の在庫（仕掛品）はそうはいかない。

なぜか？

仕掛品 ＝ 材料費 ＋ 加工費

このうち材料費はすぐに計算できるが、加工費は個々の仕掛品の進捗状況によって大きく違う。しかも刻々と変わる。

たとえ仕掛品の在庫数量が変わらなくても、加工費の計算方法によって在庫金額が大きく変わる。

↓

加工費のさじ加減ひとつで、会社の利益を操作できる！

そのとき、真理が「仕掛品計算は斑目の唯一の仕事だ」と言っていたことを思い出した。

在庫金額をいくらにするかで、会社の利益は大きく変わる。期末棚卸し数量を変えなくても、在庫金額を1億円多くすれば、利益は1億円増えてしまう。しかも、斑目はそれをたった1人でやっている。いや、1人でやるから〝数字の魔術師〟と呼ばれるのだ。会社の業績がどんな状態でも、利益を自在に変えることができ、社長や専務が期待した通りの決算を組んでしまうのに違いない。

（数字の魔術師、か……）達也は考えた。

もしかしたら……、あの男、噂通り数字の魔術師かもしれない。

製品の不可解な動き

3月25日、その日はちょうど、棚卸しの1週間前に当たっていた。

工場長が予言した通り、不可解なことが始まった。

最初は製品在庫だった。倉庫に積まれていた製品が、次々と出荷されたのだ。製品を積み込んだトラックはどれもジェピーの社有車で、運転手も同じだった。つまり、1人の運転手が同じトラックでピストン輸送をしているのだ。

達也は運転手に仕向先を聞いたが、口止めされているのか、彼は答えようとしなかった。

達也は倉庫事務所に入ると出荷伝票をめくった。

(これだ!)

そこには「ワールドワイド電機(WWE)」と書かれていた。WWEといえば、日本屈指の家電メーカーだ。

(押し込み販売……?)

営業担当者が得意先に頼み込んで、むりやり製品を買ってもらうのだ。押し込み販売のやり方は、いく通りもある。翌月の注文分を前倒しで引き取ってもらう、あるいは返品を条件に製品を引き渡し、ほとぼりが冷めた頃に戻す、などの方法だ。仮に翌月の注文分を前倒しで引き取ってもらっても現金の回収時期が1カ月早くなるわけではない。特に問題なのは返品を条件にした引き渡しだ。

学生時代、達也は宇佐見教授に「なぜ押し込み販売がいけないんですか」と尋ねたことがある。会計のテキストには「売り上げが実現していないから」と書かれていた。そして売り上げが実現したと見なすことができる要件は、製品を引き渡し、確定した対価を貨幣性資産(現金、売掛金、受取手形)で受け取ることだ。平たく言えば、製品と売却代金との交換が成立することだ。だが、理屈でわかっていても、腑に落ちないのだ。宇佐見はこう答えた。

〈まぼろしを追うからわからなくなる。見るべきものはお金だよ〉

そのときの達也には、宇佐見の言葉が禅問答のようで全く理解できなかった。しかし今は違う。返品を条件に製品を引き渡すということは、得意先は最初から代金を支払うつもりはないのだ。

このような都合の悪い内部の実態は部長レベルでもみ消されてしまう。社長は売上げと利益だけを見て一喜一憂するのだ。

「自分のやっていることは正しい」。社長は会計数値という「まぼろし」を鵜呑みにして経営の舵取りを続け、間違いを繰り返すのだ。

それから3日後の3月28日、棚卸し3日前のことだ。倉庫から製品が消えたあとに、それまで止まっていた4台のロボットが突然動き出した。同時に、大量の部品が製造現場へ運び込まれた。

達也がコネクターと可変抵抗器の製造責任者にそのわけを聞くと、彼らは口を揃えて「仕込生産です」と答えた。つまり、将来の受注に備えてあらかじめ製品在庫を作りためている、というのだ。

「注文が来てから作るのではだめなんですか?」と、達也が聞いた。

すると、責任者の1人が「副工場長は現場の苦労を知りませんね」と皮肉ったあと、仕込生産の理由を説明した。

「大きな会社はわがままなんですよ。今日欲しいから今日持ってこい、ですからね。まるで子供ですよ。でも、注文を受けたときに在庫がなければ、その話はおしまいです」

一般論として言えば、彼の発言は間違ってはいない。しかし、このロボットは専用機だ。このロボットで作る製品の注文はなかったはずだ。だから、稼働せずに埃をかぶっていたのではないか。

「今作っている製品はどこに売るのですか?」

「コネクターは日山電機、可変抵抗器は赤川電子です」

どちらも業界では五指に入る電気機器メーカーだ。だが達也は納得できない。一流企業は一流の部品メーカーに発注するはずだ。ジェピーの場合、これがスイッチならばわかる。けれどもジェピーのコネクターと可変抵抗器は問題だらけの製品なのだ。その結果が今の業績低迷を招いているのではないか。

（売れるかどうかもわからない製品をこんなに作るなんて。何を考えているんだ？）

3月29日。棚卸し2日前。この日も、達也は材料倉庫から作業の流れに沿って工場を歩いて回った。

材料倉庫は相変わらず部品が溢れていて、未検収の部品も山積みになっていた。そして、あの4台のロボットは今日も動いている。昨日と比べて仕掛品は目に見えて増えた。

製品倉庫に入ったとき、達也は驚くべき光景を目にして、言葉を失った。ものすごい数の製品が、所狭しと置かれていたのだ。

それまで、達也は4台のロボットで作った製品は決算日（つまり3月31日）前には、すべて工場から出荷されるはずだと思っていた。営業担当は得意先にむりやり引き取ってもらい、何とかして売り上げを増やそうと画策しているに違いないと考えていた。

ところが、その在庫は床に積まれたままなのだ。

（あれはなんだ？）

在庫の脇にはＡ４の用紙が張られていて、そこには「出荷検査前」と書かれているではないか。つまり、これらは「仕掛品」であって、まだ「製品」ではないのだ。

仕掛品と製品の違いは、「倉入れ前」か「倉入れ後」かの違いだ。達也はビジネススクールの授業を思い出した。「倉入れ」とは、単に出荷検査後の製品を製品倉庫に移すだけの行為ではない。それは完成品が製造部から営業部に引き渡されたことを意味する。製品倉庫は営業部に帰属しているからだ。

倉入れした途端に、仕掛品は製品に変わり管理責任は営業部になる。営業部はこの製品を得意先に販売して、お金に換える責任が生じるのだ。ここにある在庫が「出荷検査前」ということは、まだ製造部の管理下にある、ということなのだ。

（なぜ、製造を途中で止めたのか。品質に問題があるのだろうか？）

いや、そうではない。誰かがあえて出荷検査の段階で止めたのだ。

では、なぜ止まったままだった専用ロボットを動かして、こんなに大量の仕掛品を作る必要があったのか……。達也は頭を抱えた。

その日の夕方、さらに不可解な事態が起きた。材料倉庫にあった部品が、次々とロボットの周りに運ばれたのだ。その結果、未検収の部品も、材料倉庫も、みるみるうちに空になり、ロボットの周りは部品であふれ返った。

何なんだ……。達也はこの1週間の動きを整理してみた。

最初は一流メーカー、ワールドワイド電機（WWE）への大量出荷だった。

次に、それまで止まっていた4台のロボットが動きだした。ところが、製造途中の在庫はどういうわけか出荷検査の直前に製品倉庫に移された。

そして最後に、未検収の部品も、材料倉庫の部品も、すべて製造現場に運び込まれた。以上一連の出来事は、数字の魔術師、斑目が考え出した粉飾の序章なのか？


3月30日。棚卸し前日。達也が会社に着くと、木内があわてた様子で副工場長室にやって来て、達也に「工場に来てください」と催促した。

2人が向かったのは製品倉庫だった。そこにはアジア運輸の大型トラックが止まっていて、作業員がフォークリフトで製品を積み込んでいた。段ボールには「JPSWITCH（ジェピースイッチ）」と書かれていた。

「仕向け先はどこですか？」

達也は積み込み作業をしている担当者に聞いた。

「WWEです」

（WWEだって!?）

つい数日前に大量に出荷したばかりではないか。なぜ、1週間で2度も出荷するのだろうか。

「仕向け先はどちらですか」

今度はトラックの運転手に聞いてみた。

「ＷＷＥの豊田工場だけど」と言って、運転手は出荷報告書を達也に見せた。

「ホントですか？」

達也は聞き返した。

するとその運転手はムッとした表情になり、三河弁で言った。

「なんでそんなこと聞くだんっ」

「えっ？」

「なぜそのようなことを聞くのかって言ってるんですよ」

木内が達也の耳元でささやいた。

その一言で達也は安心した。今目の前で行われている出荷は偽装売上ではなさそうだ。この製品は間違いなくＷＷＥに運ばれる。

すると、次の疑問がわいてきた。まだ朝の7時半だ。なぜこんなに早く製品を出荷しなくてはならないのか。

多分、今日中に先方に届けたいからだろう、と達也は考えた。

「木内さん、当社の売上計上基準は出荷基準でしたか？」

「出荷基準です」と、木内が答えた。

（思った通りだ）

達也は確信した。つまりこういうことだ。

売り上げの計上基準とは、製品をどの時点で売り上げたとするかを決める会計ルールのことだ。製品と販売代金との交換が成立したときに、売り上げに計上するのが会計の原則だ。

これを得意先の側から見れば、仕入れた製品を「検収」した時点だ。検収と同時に、引き渡された製品が自社のものになり、代わりに商品代金の支払いを約束することになる。

つまり、得意先が検収した時点で売り上げを計上する「検収基準」が、最も理屈にかなった売上計上基準ということになる。

しかし、この「検収基準」には大きな問題点がある。販売する側は、得意先から連絡が来ない限り、いつ検収されたのかわからないからだ。しかも、検収されるまでは自社の製品だ。

つまり、得意先に納められている製品在庫をリアルタイムでつかんで決算に組み込むことは不可能なのだ。

一方、取引の流れをつかむことに重きを置けば、工場が製品を出荷した時点で売り上げに計上するほうが合理的だ。出荷時点で売り上げとすれば、外部からの情報を待つことなく、会社の内部情報だけで製品在庫を管理できるからだ。

キャンセルされたらどうするのかという問題もあるが、通常、得意先との取引は1回限りではなく、繰り返し行われる。特別な事情がない限り、出荷した製品が丸々返品されることはない。だからジェピーでは出荷日に売り上げを計上しているというわけだ。

ただし、この「出荷基準」にも落とし穴がある。

粉飾がしやすくなる、ということだ。

出荷基準だと、会社の関心が「出荷したかどうか」に集中してしまい、「製品と販売代金との交換の成立」という売り上げの本質的な意味が置き去りになってしまう。営業マンたちは、注文がなくても今期中に製品を出荷すれば、今期の売り上げになると考えてしまう。そして押し込み販売はいけないこと、という意識が希薄になる。

今回の一連の奇妙な動きも、出荷基準を悪用して粉飾を画策しているのではないか、と達也は考えた。

出荷基準のもうひとつのわかりにくさは、「締日」という日本特有の商取引との関係にある。ジェピーとWWEとの取引契約では、WWEが1日から月末までに検収した仕入れ代金を、翌月末にジェピーの銀行口座に振り込む約束となっている。出荷しても、得意先が月末までに検収しなければ、売上代金は2カ月後にならないと振り込まれない、ということだ。

（そうか……）

達也は製品のトラック積み込みが、こんな朝早く行われたことに合点がいった。WWEに今日じゅうに（つまり3月のうちに）検収してもらおうとしているのだ。そうすれば、代金は翌月の4月末に回収されるから、資金繰りがずっと楽になる。

そのとき、木内が達也をせき立てた。

「副工場長。製造現場ですごいことが起きてますよ」

木内は達也をロボットが並ぶ製造工程に案内した。そこでは作業者たちが、昨夜から今朝にかけて倉庫から運び込まれたと思われる部品を、声を出しながらカウントしていた。

部品にはタグが張られていて、そこには品名と数量が記入されていた。すでに、実地棚卸しは始まっていたのだ。

「実地棚卸しは明日ですよね？」

「会計士が来る前に、カウントを済ませてしまうつもりなんです」

「でも、会計士が立ち会う目的は、実際の棚卸しが実施要領通り整然と行われていることを確かめるためではありませんか？」

達也は、昔勉強した監査論を思い出しながら言った。

実地棚卸しは、実際の在庫数量を決算数値に反映させるための重要な手続きだ。在庫数量を水増しした分、利益も多く計算されてしまうからだ。

だが、単に在庫の数量をカウントすればいいというものではない。正しい棚卸しを行なうには段取りが必要だ。

たとえば、材料と仕掛品と製品、そして棚卸対象外の未検収の部品や預り品在庫を、あらかじめ分けておく必要がある。動いている在庫はカウントできないから、機械を止め、入出庫作業をストップさせる。

棚卸しは通常2人が一組になり、複数のチームで一気に行う。1人は実際に数量をカウントし、もう1人が複写式のタグ（現品票）に品名と数量を書き込むのだ。カウント漏れや二重カウントを防止することが肝心だ。

材料を例にとると、倉庫の棚にある部品を実際にカウントして、その品名と数量をタグに書き込み、現品に添付する。仕掛品は品名と数量のほかに、どの工程にある在庫かを記入する。作業を始めたばかりの段階と、完成間近の段階の仕掛品では加工費が全く違うからだ。

タグにはあらかじめ連番を付けておき、書き入れた品名や数量の訂正は一切認めない。棚卸しが終わった段階で未使用のタグは斜線を入れて使えなくする。

棚卸しが終わると、公認会計士はすべての在庫にタグが張られていることを確認して、タグの回収を指示する。タグは2枚綴りとなっていて、1枚をはがして回収し、使用、書き損じ、未使用に分けて連番に並べ替える。

公認会計士は、未回収のタグがないこと、不正が行われていないことを確かめ、その結果を監査調書に書き込む。未使用タグの管理が甘いと、後で架空の在庫を書き込んで在庫を膨らませる危険があるから要注意だ。

そうすることで正確な在庫数量を確定するとともに、不正を防止するのだ。以上のすべてを行うのが、本来あるべき公認会計士による棚卸し立ち会いなのだ。会社の担当者と一緒に在庫数量をカウントするような単純な作業では、決してない。

それなのにジェピーのやり方は違っていた。

達也は、そこにははっきりと作為を感じた。

「なぜ、１日前にカウントを済ませてしまうのですか」

「さあ。よくわかりません」

木内は戸惑った様子で答えた。

「これも斑目部長からの指示ですか」

「そうだと思います。副工場長、この１週間で起きたことって、たぶん何か特別な目的があるんでしょうね」

木内は、弱々しい声で言った。達也は腕を組んだまま考え込んだ。

「明日は会計士が棚卸しに立ち会う日ですよね。彼らはプロですから、きっと斑目部長の魂胆を見抜いてくれますよ」

すると、木内はあからさまに不愉快そうな表情になって吐き捨てた。

「会計士の立ち会いなんて、単なる儀式ですよ。倉庫と工場を一周して、タグの回収を指示して、タグコントロールをする。それだけです」

公認会計士・西郷幸太の自信

３月31日。棚卸し当日。朝９時。今川会計事務所の公認会計士、西郷幸太の運転する小型乗用車が、ジェピー愛知工場に到着した。

ダークグレーのピンストライプのスーツにブルーのクレリックシャツ、シルバーのソリッドタイ。地方の会計士、という風情ではない。なかなかの切れ者のようだ。年齢は40歳手前、といったところか……。達也は西郷を見て思った。

製造部長の石川と三沢と達也は役員室に西郷を招き、名刺を交換した。この部屋は、社長が来訪したときのために作った特別室なのだが、普段は石川が使っている。

「てっきり、毎年のように今川先生がいらっしゃるものだと思っていました」

石川は明らかにとまどっていた。

「すみません、今川先生はインフルエンザにかかってしまい、急遽私がお伺いすることになりました」

「それは大変でしたね。で、ピンチヒッターとしていらしたわけですね」

三沢が名刺を渡しながら言った。

「はい。今日は今川先生の代理で、棚卸しの立ち合いをさせていただきます」

「西郷さんは、鹿児島のご出身ですか？」

そう聞いたのは達也だった。

「いやあ、西郷隆盛つながりでよくそう言われるんですけど、違います」

西郷は苦笑しながら否定した。

「こちらが地元なんです。大学を出てから15年間、東京の監査法人に勤務したあと、半年前、故郷の豊橋に戻ってきて自分の事務所を開きました、今川先生の監査をパートでお手伝いしています」

なるほど、やはり東京での経験がある男なんだ……。達也は得心した。

石川は西郷にお茶を勧めながら尋ねた。

「先生は、せっかく東京で活躍されていたのに、なぜ実家の豊橋に戻っていらしたんですか」

「幸いこちらには子供の頃からの友人もいますし、親も元気ですから」

「でも、東京のほうがやりがいのある仕事が多いでしょう」

達也が聞いた。

「そうですね。たしかに充実はしていました。しかし、数年前、アメリカのエンロン事件が起きてから企業の監査を取り巻く環境が変わってしまいまして……。私が考える監査ができなくなったんです。それで東京での仕事を辞めることにしました。これからは、地元で理想とする会計の仕事をすすめていきたいと思っています」。西郷はそう言って笑った。

「さっそくですが……」

石川は棚卸しの進捗状況の説明を始めた。

「昨日までに棚卸しを終えました。あとは西郷先生に工場を見ていただいて、タグを回収するだけです」

「え、終わったんですか?」

西郷は驚いた。今日は1日がかりで棚卸しに立ち会うつもりでやってきたのだ。それが、もう終わっているというのだ。

「昨夜は徹夜で棚卸し作業をしましたから、従業員には休みを取らせています」

西郷は呆気にとられた。これでは立ち会いに来た意味がないではないか。

「工場にご案内します。棚卸しは完璧です」

石川と三沢は西郷と連れ立って役員室を出、工場に向かった。

役員室に1人残った達也は、小さな椅子に腰を下ろしたまま、この1週間で起きたことを一つひとつ頭に浮かべた。

なぜ、材料倉庫にあった部品を製造現場に移動させたのか。

なぜ、長い間止まっていたロボットを動かし、仕掛品を作りためたのか。

なぜ、WWEに2度も大量に製品を運んだのか。

そして、なぜ公認会計士が到着する前に実地棚卸しを済ませてしまったのか。

（誰が、何をたくらんでいるんだ？）

間違いなく粉飾決算が目的だろう。

では、どんな手段で架空の利益を膨らませようとしているのか。わからない。達也は苛立ってきた。何かが仕組まれている。なのにその魂胆が見えないのだ。

味方であるはずの木内からも、まともな返事が返ってこない。

（もし、宇佐見のオヤジがここにいたら……）

達也は想像した。間違いなく大声で怒鳴り、こう喝破するに違いない。

〈くだらんことでくよくよするな。すべての答えは現場にある〉

そうだ。会計士の立ち会いは始まっている。

そのとき、三沢工場長が戻ってきて、達也に声をかけた。

「団君。そろそろ君の出番だ」

達也は作業帽をわしづかみにして、工場に向かった。

製造現場に所狭しと置かれた部品を見て、西郷は呆気にとられた。まさしく仕掛品のジャングルだ。こんなに大量の仕掛品をすべてカウントするには相当な時間がかかったはずだ。

西郷は、材料倉庫と製品倉庫、そして工場の中をミズスマシのようにグルグルと何度も回った。歩きながら、タグの張り漏れがないか注意深く確かめた。それから、製造工程を初工程から順を追って、タグに記載された数量にカウントミスがないか自ら数えた。テストカウントだ。

どのタグもカウントミスはなかった。

ただ1つ、西郷には気にかかることがあった。タグに製造工程の記載がないことだ。

たとえば、倉庫から運び出されたばかりの仕掛品と、完成直前の仕掛品とでは、材料費は同じでも、加工費が全く違う。

製品1個を完成させるのに100円の加工費がかかるとする。倉庫から運び出されたばかりの仕掛品には加工費はほとんどかからない。しかし、出荷検査直前の仕掛品の加工費は100円近くかかっているはずだ。つまり、作業の進捗の程度によって、仕掛品原価に占める加工費は増えなくてはならない。

ところがこのタグには、カウントされた仕掛品がどのような進捗状況にあるのかといった情報は一切記されていない。回収したタグは、東京の本社にある経理部に送られて金額に置き換えられる。タグに作業工程の情報が書かれていなければ、その仕掛品を金額に置き換えようにも、いくらにすべきかわからない。西郷は首を傾げた。

「石川部長。仕掛品の金額はどうやって評価するのですか？」

西郷が聞いた。

「私は経理のことはわかりませんので」と言って、石川は携帯電話で木内を呼んだ。しばらくすると、木内がやってきた。

西郷は同じ質問をした。

「加工費は仕掛品と製品に配分しています。仕掛品の加工進捗率は、一律完成品の50％と見なしています」

木内は当然のような顔で説明を始めた。製造現場には仕掛品が遍在している。つまり、最初の工程から最終工程に至るまで、製造途中の在庫が分散している。これらの進捗度を1つずつ詳細に調べても、あるいは仕掛品在庫全体をまとめて進捗率50％としても、金額計算に大した誤差は出ないはずです……。

「そんな理屈もあるんですね」と言って、西郷は苦笑いした。ただ、木内の説明のどこが論理的に間違いなのか、西郷にもすぐには説明がつかなかった。

たしかに、仕掛品が遍在しているのだから、個々の進捗状態を勘案して計算するのも、すべての仕掛品の進捗率をまとめて50％と見なすのも、大差ないようにも思える。

しかし何か腑に落ちない――。

「加工費を完成品と仕掛品に配賦する基準は、時間ではないのですか?」。そう聞いたのは達也だった。西郷のうしろで、木内の説明に耳を傾けていたのだ。

「いえ、時間ではありません。材料費です」

木内が答えた。

つまり、こういうことだった。

今月の加工費が合計で100万円。

今月の完成品の材料費が合計で90万円、仕掛品の材料費が合計で20万円とする。完成品1個と仕掛品1個の材料費は同じだ。だから、もしも単純に材料費の割合で加工費を分けると、完成品1個と仕掛品1個の加工費が同じになってしまう。

これでは合理的ではないから、仕掛品の進捗率を一律50%とみなして完成品に換算し、加工費を配分するというのだ。

今月の完成品は材料費が合計で90万円。一方、今月の仕掛品の材料費は、合計20万円に進捗率50%をかけた10万円とする。

つまり「90:10」の割合で加工費を負担させるのだ。こうして計算した仕掛品の加工費は、「今月の加工費100万円÷（90＋10）×10」で、10万円ということになる（354ページ巻末資料参照）。

「手間がかからないし、理論的にも問題はない。斑目部長がそう言ってました」

そう木内は付け加えた。

「その計算方法は間違いですね」

西郷が即座に否定した。

「そのやり方だと、高い材料を使う製品が高い加工費を負担することになります。たとえば、金と木の置き物を作るとしましょう。金は高い材料ですが、置き物を作るときは型に流すだけで出来上がります。一方、木の置き物は熟練工が時間をかけて彫らなければできません。その計算方法だと材料費の高い金の置物が負担する加工費が多くなってしまう。どの製品も同じ材料を使っているのなら問題ないでしょう。でも、実際はそんなことはありませんよね。加工費の配賦基準は時間を使うべきです。材料費を配賦基準にする会社は少なくありませんが、それは理論的に間違いなんです」

西郷は自信に溢れた声で説明した。

木内は「なるほど」と言って深く頷いた。

「西郷さん、そうとも言えないのですよ」

そう口をはさんだのは、なんと三沢工場長だった。

「コネクターも可変抵抗器もスイッチも、材料費自体には大差がないんです。それに残念ながら、この工場には、スイッチを除いて製品を作る際の標準時間というものがないんですよ。だから時間で配賦するのは難しいですね」

三沢は、心配そうな面持ちでやり取りを聞いている石川のほうを見ながら言った。

西郷はタグの添付状況を確認すると、タグの回収を指示した。

「回収したタグは、連番で並べ替えてください。書き損じと未使用のタグの番号もわかるようにお願いします」

西郷はタグコントロールの他に、もう1つの手続きを石川に依頼した。

「それから、今期最後に出荷した製品の出荷伝票を見せてください」

(カットオフだ)

達也はすぐにピンときた。

今期中に工場から出荷された製品が今期の売り上げに計上されているか、また、まだ出荷していない製品も今期の売り上げに計上されていないか、確かめようとしているのだ。

「出荷伝票ですか……？　今川先生から要求されたことはありませんが……」

石川は狼狽した表情で抵抗した。

「カットオフ手続きは監査上省略するわけにはいきません」

そう言って西郷は出荷伝票を持ってくるように強く要請した。石川はしぶしぶ木内に昨日と今日の出荷伝票をすべて持ってくるよう指示した。しばらくして、木内が戻ってきてクリップで留められた出荷伝票を西郷に渡した。西郷はその中からＷＷＥ向けの出荷伝票を取り出してコピーを頼んだ。

それから数時間後。

西郷が回収したタグのチェックを終えて「これでおしまいです。そろそろ失礼させていただきます」と帰り支度をはじめたときのことである。

「少しだけお時間をいただけませんか」と言って、三沢が西郷を自分の部屋に案内した。

小さな事務机と安っぽい古びた応接セットが置かれていて、ソファには一足先に戻っていた達也が座っていた。達也は西郷にソファをすすめ、彼が腰を下ろすと、切り出した。

「今回の棚卸しで、何か問題になりそうなことはありましたか？」

「そうですね」と言って、西郷は腕を組んだ。

しばらく考え込んで、自分は監査責任者ではないから、あくまで参考意見として聞いてほしいと前置きし、2つの問題点を挙げた。

まず、実際の棚卸しに立ち会えなかったことだ。公認会計士が実地棚卸しに立ち会う目的は、棚卸しの状況を観察（オブザーブ）することにある。

2つ目は仕掛品の評価だ。材料費を基準として加工費を完成品と仕掛品に分けるのは、理論的に正しくない。あくまでも加工時間を基準にすべきだ。そう西郷は強調した。

「最初の問題点はわかりました。しかし、2つ目はまだよくわかりません。先生が理論的に間違っているとおっしゃる意味は、素材が金と木では負担する加工費が違うから、ということでしょうか？」と、三沢が尋ねた。

「その通りです。製品原価が歪んでしまいますから、製品ごとの正しい利益は計算できません」

すると、隣で聞いていた達也は、我慢ならないといった表情で、西郷に向かって叫んだ。

「そんな表面的な問題だったら、素人でも指摘できますよ。先生はプロの会計士でしょう。もっと本質を見抜くべきだ！」

工場長室に緊張が走った。

「本質を見抜く？　何を言いたいのですか？」

西郷は達也をきっとにらんだ。

「先生の言うような教科書に書かれている理論を聞かされても誰も納得しない、ということです」

「団さん、会計監査は捜査ではありません。一つひとつの事実から本質に迫る作業なんです」

わかっている。わかっているよ、西郷さん。でも、そんな悠長なことでは困るんだ。達也は思った。一見、何も問題がないような工場の裏側に、とんでもない作為が潜んでいることを見つけてもらいたいんだ。

達也は高まる感情を懸命に抑えた。すると脳裏にさまざまな思いが去来した。

達也自身、入社して以来、この会社の不正取引を追い続けてきた。この１週間、愛知工場で起きた出来事も、不正取引の一環に違いない。

最初は単なる石頭の経理マン程度に考えていた斑目は、実は名うての数字の魔術師らしい。だが、粉飾決算を率先しているのは斑目ではない。彼にはそんな度胸も権限もないはずだ。とすると、黒幕は間中専務か。あるいは財部益男社長か——。

(そもそも、なぜ今、俺はこのジェピーで働いているのか)

きっかけは恩師である宇佐見の誘いだった。あえて火中の栗を拾うような誘いに乗ったのは、大学卒業後に就職したコンサルティング会社での大失敗があったからだ。

経営コンサルタントは「格好いい」職業で、しかも報酬は大学時代の仲間と比べても群を抜いて高かった。達也は自分の学力に自信があった。学校の成績は常に上位で、成績の悪い連中がバカに見えたものだ。

ところが、実際にコンサルタントの仕事を始めてみると、クライアントが抱えている問題はどれも複雑で、その解決策は学生時代に読んだどの教科書にも載っていなかった。そして、「あの大失敗」をしでかしてしまった。それだけではない。もっと取り返しのつかない事態をも招いてしまった——。

達也になかったものは何だったのか。知識はそこそこ積んでいた。けれども圧倒的に経験が不足していた。本当に役に立つコンサルティングは、知識と経験の両方がなくてはできないのだ。

まさに日頃、宇佐見教授が言っていた通りだった。だから、シンガポール大学でもう一度いちから学び直して知識を蓄積し、そしてこのジェピーを選んで、経験を積もうと考えたのだ。

このまま、何もしなければ、早晩ジェピーは、自分の大失敗がきっかけで倒産した〝あの会社〟と同じ運命をたどるに違いない。自分が関与した会社を二度と潰すわけにはいかない。

ならば、どうすればいいのか。

このジェピーで頼りになるのは、三沢工場長と真理だけだ。だが、正直なところ役不足だ。木内はどうも煮え切らない。せめてもう１人強力な味方がいたら……。

そんなとき、目の前に現れた男。それが外部の公認会計士、西郷だった。

（この男、西郷を引き込むしかない）

味方になってくれ、と言うのではない。この会社の裏側で進行しているどろどろとした企みを見破ってほしいのだ。それにはまず、ジェピーという会社の存在が西郷の頭に焼き付いて、寝ても覚めても思い出してしまうような、そんな強烈な一言を浴びせるしかない。

まずは、俺が泥を被ろう。憎まれ役になろう。

達也が西郷に対して「あなたはプロの会計士としてもっと本質を見抜くべきだ」と言ったのには、そんな狙いがあった。しかもぐずぐずしてはいられない。もし西郷が偽装工作を見破れなければ、この会社は間違いなく破滅への道を突き進んでしまう。

「西郷さん、あなたが言うように製品原価が歪むと会計監査上、何か問題があるのですか？」

達也は再び挑発した。

西郷はむっとした表情で答えた。

「ケースバイケースですね。ですが、経営上は明らかに問題があります」

「ちょっと待ってください。経営上ってどういう意味ですか」

「経営者が間違った経営判断をしてしまうということです。たとえば、本当は赤字の製品なのに黒字と思い込んでその製品の販売を強化したら、会社はますます赤字が膨らみます」

「そんなことを聞いているのではありません。私は、会計監査上どうですか、と聞いているのです」

達也は西郷を挑発し続けた。

「加工費を材料費基準で仕掛品と製品に配分することは、管理会計上は問題があります。でも会計監査の点から見ると、つまり財務会計上は、前期も当期も継続して適用していれば問題はない。そう、今川先生は判断してきたのだと思います」

「今川先生の意見を聞いているんじゃない。西郷先生、あなた自身はどう考えているんですか」

達也は分厚い胸をつき出して西郷に詰め寄った。

「副工場長、少し言いすぎですよ」

2人のやり取りを心配そうな面持ちで聞いていた木内が達也の腕を引っ張った。

「次は2週間後、棚卸しのフォローに来ます」

西郷はこわばった顔でそう言い残すと、足早に駐車場に向かった。

狼狽した木内が、西郷の後を追った。

達也が豊橋のジェピー愛知工場で棚卸しに奮闘しているちょうど同じ頃、ジェピー本社では、真理がいつも通り働いていた。

「細谷君。もうじき決算作業で忙しくなるから、明日あたり有給を取ったらどうかね」

達也と一緒に井上と石田の不正を暴いた一件以来、斑目は真理に優しくなった。優しくなったのは斑目だけではない。専務の間中までが、真理に声をかけてくる。

「君たちの働きでわが社もウミが取れたよ。礼を言わなくてはね」

そう真理を褒めちぎるのだ。

だが、事態は一向に変わっていない。

仕入先と結託して代金を着服した井上は間中にいったん解雇を告げられたあと、なんといまだに子会社で仕入れを担当している。それから、循環取引を画策した、石田は依然として、営業課長のままだ。

結局、2人とも事実上解雇されなかったのだ。

2人の偽装取引を見抜けなかった経理部長の斑目も、もちろんおとがめなしだ。最近は日に何度も、間中専務と電話で話し合っている。大声で話すから、専務との会話の中身は筒抜けなのだ。

沢口萌は、何事もなかったように相変わらず朝早く出勤し、机をピカピカに磨いている。

ところが、あの一連の事件の解明に一番貢献したはずの達也は、実質的に左遷になってしまった。真理はといえば、相変わらず経理の入金担当だ。

つまり、割を食ったのは達也と真理だった、ということだ。愛知工場は伏魔殿だと噂されていたが、ジェピーそのものが伏魔殿なのだ。

真理は「専務や部長におだてられても絶対に迎合はしない」と心に誓った。そして、達也からの連絡をじっと待った。

しばらくして、本社でも事態が大きく変わった。棚卸しの翌日、4月1日のことである。新年度が始まり、いつものように間中と電話で話していた斑目が、突然大声を張り上げたのだ。

「また、あいつがしでかしましたか！」

伝票をパソコンに入力していた真理は、指を止めて斑目の声に神経を集中させた。

「なんですって。立ち会いに来た公認会計士に、プロとして本質を見抜くべきだなんて言ったんですか？　あの身の程知らずが！」

斑目は急に小声になった。

「今回の決算ですか？　ええ、大丈夫ですよ。安心してください。今年度も黒字になりますから」

斑目は卑屈な笑みを浮かべた。しかし、受話器を置いたあとの表情は、明らかに動揺していた。

（どういう意味かしら？）

真理は、「今年度も黒字になりますから」と言ったあとに見せた斑目の動揺ぶりが引っかかった。そもそも決算はまだ確定していない。通常、決算が確定するのは、年度が終わってから約2週間後である。今年度の業績はこれから確定させるというのに、なぜ「黒字」と断言できるのか。しかもなぜ、斑目はそのあと動揺したのか。真理は不思議に思った。真理は、斑目をじっと見ながら考え続けた。

そのときだった。「おい、ボケッとするんじゃない。仕事をせんか」

斑目が立ち上がって真理を怒鳴りつけた。それは久しぶりの罵声だった。

(やっと面白くなってきたわ)

真理は無表情のまま斑目を無視して、再びキーボード上の指を動かした。

在庫のマジック

達也はジェピーの将来に不安を感じていた。本社も工場も不正し放題なのだ。以前見つけた循環取引も今回の不可解な動きも、営業課長と製造部長が勝手に行ったとは考えられない。

おそらく背後には間中と斑目がいるのだろう。だが、彼らの目的は何なのか。

ただ1つはっきりしているのは、彼らの思惑通りに事が進めば、ジェピーはいずれ破滅するということだ。この動きを止めなくてはならない。

(俺はどうすればいいんだ)

達也は腕組みして考え続けた。

あちこちの部門に不正取引が広がっている。そして、不正を暴いても誰も罰せられたりはしない。つまり、この会社には内部統制が機能していないのだ。

会社の経営が腐っている以上、残された方法は1つしかない。外部からの監視を強くするのだ。場合によっては、経営者を代える必要もあるだろう。そうするには、今起きている事実を、実質オーナーで大株主の財部ふみと金融機関に知らせなくてはならない。

最も効果的に伝えるには……。

達也には考えがあった。株主総会で不正を暴けばいい。

達也は会社法の条文を丁寧に読みながら今後の決算スケジュールを整理してみた。株主総会が6月25日で、一連の決算手続きは次のようになる。

（1）決算日（3月31日）
（2）公認会計士へ計算書類の提出＝期限なし（4月20日頃）
（3）会計監査開始（4月20日頃）
（4）会計監査人の監査報告書提出＝（2）から4週間を経過した日（5月15日頃）

（5）監査役会の監査報告書提出＝（4）から1週間を経過した日（5月21日頃）
（6）取締役会の承認＝（5月23日頃）
（7）定時総会招集通知の発送＝株主総会の日より2週間前まで（6月5日）
（8）定時株主総会＝決算日より3カ月以内（6月25日）

つまり、数字の魔術師、斑目の化けの皮をはがすのに残された時間は、会計監査人から監査報告書が提出されるまでの1カ月しかない。

最初にすべき作業は、在庫を使った不正を突き止めることだ。

達也は、会計理論はマスターしている。しかし、実際に棚卸し結果を決算書に反映させるまでの具体的な作業の流れがわからない。

「木内さん。教えてほしいことがあるのですが」

達也は業務課の木内に電話をかけた。

しばらくして、木内が何冊ものファイルを抱えて戻ってきた。それを、達也の机の上にドサッと置いた。

「タグと棚卸し資産一覧表です」

「残業が続いたようですね」

「はい、でも昨日で決算作業の山は越えました」

木内は真っ赤な目をこすった。

木内は、棚卸し結果の集計作業に1週間も費やしたと言った。それも、深夜まで残業し、ようやく数字がまとまったというのだ。

タグに書かれた数量を入力するだけの作業になぜ1週間もかかったのか、達也には理解できなかった。

そのことを木内に質問すると、持参したファイルをめくって達也に見せた。

「コンピュータの受け払い記録と、タグに書かれた数量、つまり、実際に数えた数量がなかなか合わないんです」

「合わないんですか？」

「そうです。もっとも、合うわけがありませんけどね」と、木内はうんざりした顔で言った。

木内はコンピュータ在庫と棚卸し数量が一致しない理由を説明し始めた。

材料も製品も、受け入れと払い出しの都度、その品名と数量をコンピュータに入力している。そうすることでコンピュータは材料と製品の入出庫履歴と残高を管理しているのだ。

コンピュータ在庫は、いわば「あるべき(to be)数量」で、棚卸し結果は「実際にある(as is)数量」だ。入力が正しければ一致するはずだ。

しかし、現実はそうではない。一致しない原因はいろいろとある。まず入力漏れだ。

たとえば、後でまとめて入力しようとしたものの、入力を忘れてしまった。

製造部門の作業者が、出庫処理をせずに材料倉庫から部品を持ち出してしまった。

また、荷役作業中に在庫を破損したり紛失したりすることもある。

それだけではない。愛知工場で受け払い記録と棚卸し数量が簡単に一致しないのには、別の理由があるというのである。

それは、コンピュータの受け払い記録で管理している材料(部品)が、材料倉庫と製造現場の2カ所以上の場所に置かれているからだ。

タグは現物に添付するから、同じ種類の部品があちこちに散らばっている場合には、2枚以上のタグを合計してコンピュータ在庫と突き合わせなくてはならない。その際、タグの合計数量とコンピュータの在庫数量が一致するかというと、そうではない、と言うのだ。

「だから、在庫数量を確定するのが大変なんです」。木内は疲れ切った顔でもらした。

達也は、木内の説明がすんなりと理解できなかった。なぜ部品が材料倉庫の棚ではなく、製造現場に分散しているのだろうか。分散している部品を足せば、コンピュータ在庫と一致するはずではないか。

「どうして在庫数量を確定するのが大変なんですか？」。達也は木内に聞いた。

「簡単なことです。仕掛品の金額を計算するときに、元の部品に戻して計算しているからです」

木内はレポート用紙に絵を描いて説明した。

コネクターであれ、スイッチであれ、製品は複数の部品を組み合わせたものだ。たとえば、コネクターAを1個作るのに、部品aを1個、部品bを1個使うとする。10個の仕掛品（製造途中の在庫）の金額は、部品a10個と部品b10個分の材料費、および製造にかかった加工費を足したものだ。

部品aや部品bは、異なる種類の製品に使われることもある。だから製造現場で同じ部品があちこちに分散しているというわけだ。

ジェピーでは、仕掛品の金額を計算する際は、まず、それを構成する材料（部品）に引き戻して、材料費を計算し、それに加工費を加えているというのだ。

「完成間近の仕掛品は、見た目は製品ですが、在庫計算ではこれを複数の部品の固まりと加工費から成り立っていると見なすんです。部品は材料倉庫だけでなく、製造現場のいろいろな所に分散しています。だから実地棚卸しといっても、部品の数を一品ずつカウントしているわけではありません。コンピュータ在庫と棚卸し在庫がなかなか合わないのは当然なんです」

達也が考えてもいなかった方法で、ジェピーは仕掛品の金額を計算していた。

「この方法って、斑目部長が考えたのですか?」。達也が聞いた。

「いいえ。他の会社でも仕掛品を部品に分解するのは珍しくはないようですよ。生産管理システムの作りがそうなっているからだそうです。コンピュータ会社の人が言っていました」

こんな方法が実務でまかり通っているとは……。達也は唖然とした。

達也はジェピーが行っている仕掛品金額の算出方法を整理してみた。

(なるほど。こんなことなら斑目一人でできるはずだ!)

それは次のような流れだった。

(1)材料費を計算する。材料は最初の作業工程で投入されるから、仕掛品の材料費も完成品の材料費も同額になる。

「加工費」と「利益」の奇妙な関係

ジェピーでは仕掛品の材料費に一律50%をかけて計算している。

総加工費＝完成品の材料費×100%
　　　　＋仕掛品の材料費×50%

まったく加工していない（加工進捗率＝0%）仕掛品でも加工費（＝材料費×50%）が乗るので、完成品の加工費が目減りする。

加工費の減少
↓
売上原価の減少
↓
利益の増加

だから、手つかずの材料を製造現場に移動して「仕掛品」に仕立てれば、利益を水増しできる。

(2)加工費を計算する。仕掛品の加工費は、当月の加工費総額を仕掛品と完成品に配分して計算する。配分する基準は、仕掛品と完成品の材料費とする。

仕掛品は製造途中の在庫だから、仕掛品1個の加工費と完成品1個の加工費は同じではない。本来、加工費は製造作業に使った作業量、つまり時間を基準として仕掛品と完成品に配分すべきだ。しかし、ジェピーでは時間に代えて材料費を使っている。つまり、当月の加工費を、棚卸しで確定した仕掛品の材料費に50%をかけた金額と、当月完成した製品の材料費の合計金額の割合で配分していた。ただ、当月に完成した製品はごくわずかだった。

(3)材料費と加工費を加えて仕掛品の金額とする。

(そうだったのか……)

なぜ、棚卸し日に材料倉庫が空っぽになり、工場に在庫があふれ返ったのか。達也には、その理由がはっきりとわかった。

西郷の棚卸しフォローアップ

4月14日。3月末の棚卸しから2週間が経った。棚卸しのフォローアップのために、再び西郷が愛知工場を訪れた。

「よろしくお願いいたします」

達也と木内が頭を下げた。

西郷は黙って、軽く会釈をすると事務室へと向かった。

（先日、俺がかみついたこと、根に持っているのかな……。それがうまいほうに転んでくれるといいんだが……）

達也は思った。

西郷は黙って、在庫数量のチェック作業を始めた。

机をはさんで、達也と木内が座っていた。

まず、棚卸しの日に自らカウントした在庫（つまりタグに書かれた数量）が、コンピュータから打ち出された在庫リストに反映されているかをチェックした。実際に存在する在庫数量がタグに記録されていること、そして、それが在庫リストに反映されていることを確かめる重要な作業だ。

続いて、今度は逆に在庫リストからタグへ遡って数量をチェックした。在庫リストには材料倉庫分と仕掛品分の欄があり、倉庫在庫はゼロで、仕掛品分の欄だけに数量が印字されていた。

ところが、在庫リストから見てもタグから見ても、タグと在庫リストとは全く一致しなかった。

当然である。タグには仕掛品単位（親品目）の数字が書かれているのに対して、在庫リストはそれを構成部品（子品目）単位に分解した数字が載っているからだ。しかも、期末日は仕掛在庫だけで、材料倉庫はカラだった。

この工場で製造している製品は約50種類。しかし、同じ製品でも10以上の仕様に分かれるから、実質的には500種と考えるべきだ。それぞれの製品に10種類の部品を使うとすると、5000種の部品になる。

（こんなに種類が多くて、どうやって数量の正しさを検証するんだろう？）

達也には見当もつかなかった。

西郷がはじめて口を開いた。

「木内さん。製品説明書と部品構成表を見せてください」

木内が資料を取りに部屋を出ると、西郷は達也に種類（親品目）ごとの仕掛品数量

「棚卸し」直前のおかしな動き

棚卸しまでの1週間で起きたこと

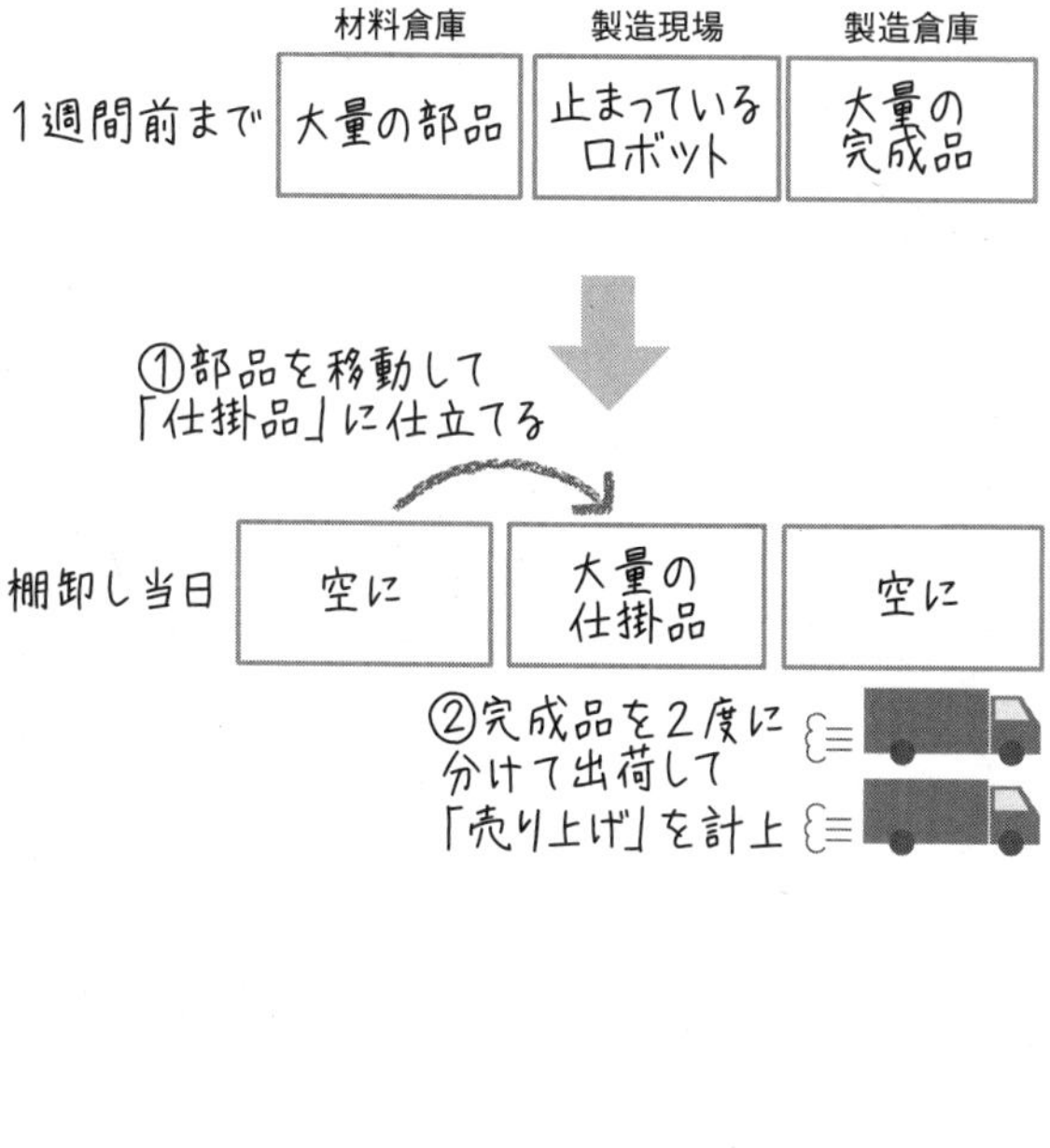

を知りたい、と伝えた。つまり西郷が要求したのは、部品に分解した後の在庫リストではなく、分解する前の親品目単位の在庫リストだった。

なるほど。達也は思った。製品を1つ作るのに使う部品は1つとは限らない。だから、西郷は、親品目の仕掛品から、部品構成表を使って子品目である構成部品ごとの数量を計算しようとしているのだ。

棚卸し時に、西郷が書き留めた仕掛品がそのリストに載っていることを確かめさえすれば、部品の数量は自動的に計算される。

「団さん、仕掛品の在庫数を構成部品に分解した表はありませんか」

西郷は達也のほうに顔を向けず、声だけをかけた。

「その手の資料があるか、情報システム部に問い合わせてみます」

達也は別の部屋に移り、電話をかけた。

すると意外な返事が返ってきた。作成してはいるが、入力チェックに使った後にシュレッダーにかけた、というのだ。

「なんだって？　誰の指示で廃棄したんだ！」

達也は声を荒らげた。すると電話の相手は「いつも捨てていますから。そんなこと言われたの、副工場長が初めてです」と悪びれた様子もなく答えた。

しようがない。この事実を西郷に告げよう。達也は事務室に戻り、西郷に資料が廃棄されていた旨を伝えた。

「なんですって?」

今度は西郷が声を荒らげる番だった。

「タグの入力リストを捨てたんでは、監査になりませんよ!」

そこへ木内が書類を抱えて戻ってきた。

西郷は製品説明書と部品構成表に目を通すと、腕組みして考え込んだ。

「在庫の監査ができないと、監査意見はどうなりますか?」

木内が心配そうに尋ねた。

「適正意見はあり得ませんね」。厳しい顔で西郷が答えた。

「どうすればご満足いただけるでしょうか」

「私が調書にメモした仕掛品数量が在庫リストに載っていることを、確認できればいいのですが……」

達也は尋ねた。

「当日カウントした仕掛品にはコネクターが含まれていますか?」

西郷は「もちろんです」と言って、その調書を見せた。

「これは、製造工程に部品の状態で山積みされていたものですね」

「すごい量の仕掛品でした」。西郷が答えた。

「西郷さん、お望み通りの検証ができそうですよ」と言い残して、達也は部屋を出ていった。

しばらくして、達也はA4用紙の束を持って戻ってきた。

「木内さん。あの仕掛中のコネクターは、たしか月末に1回だけ生産したものですよね。これが製造指示書のコピーです。それから、これが製造に使った部品出荷指示書のコピーです」と言ってA4のシートを机の上に置いた。

「この製品に使う部品は15種類です。1つの製品に2つ以上使うものもあるし、他の製品と共通で使っているものもあります。でも、ハウジングだけは1つの製品に1個だけ使う。しかも、製品種類ごとのハウジングは1種類だけです。つまり、仕掛品の数とハウジングの数は1対1の関係になっています」

西郷の表情が明るくなった。試しにチェックしてみると、調書に書かれたコネクターの数量と、在庫リストに載っているそのコネクターだけに使うハウジングの数量が完全に一致した。

続いてカットオフのフォローアップに作業が移った。西郷は、棚卸し当日にコピーした最終の出荷伝票、最終の製品倉入伝票、材料の検収報告書を取り出して関連する帳簿と突き合わせた。

出荷伝票と売上記録との突き合わせは、工場からの出荷と売上計上が一致していることを、また製品倉入伝票のチェックは、仕掛品と製品とが適切に区分できているかを確かめるための手続きだ。検収報告書が発行された購入部品は会社の在庫だから、棚卸しの対象だ。しかし未検収の部品は棚卸しの対象ではない。

このなかで最も重要なのは、出荷伝票と売上記録の突き合わせだ。それは会社の損益に直接影響するからで、出荷されていない製品を売り上げに計上すれば、会社の利益は粗利益に相当する額だけ過大になる。

西郷は慣れた手つきで、ものの10分も経たないうちにチェックを終えた。

「これから現金実査をさせていただけますか？」

西郷は木内に向かって言った。現金実査は金庫にある現金をカウントして、それが現金出納帳と一致しているかどうかを確かめる手続きだ。実査もすぐに終了した。

「今日のところ特に問題ありませんね」

西郷は手にしたシャープペンシルをジャケットの内ポケットにしまった。

（ばかばかしい）

達也は失笑しそうになった。西郷が到着する前に木内が何度も現金の残高を確かめていたからだ。現金と帳簿が一致するのは当たり前ではないか。実査は抜き打ち（サプライズベース）でやらなければ意味がない。こんなことで問題が見つかるはずがないのだ。

西郷は鞄を持って立ち上がった。が、何か思い出したのか、すぐに椅子に座り直して木内に質問した。

「材料と仕掛品はどのような基準で分けているのですか？」

「その在庫が材料倉庫にあるか、製造工程にあるか、で分けてます」

木内は当然といった顔で答えた。

「……それでいいんでしょうかね？」

西郷が首を傾げながら質問した。

「弊社は以前からずっとそうしてきましたし、会計監査でも今川先生からは特に何も指摘されていません」

木内はそう言って、自分の行った処理は間違っていないことを強調した。

（お、西郷は俺と同じことを考えている）

達也は直感した。

西郷の質問は実は重要な意味を持っている。

なぜならば、材料と仕掛品の区別の仕方で、利益が変わってくるからだ。

材料在庫ならば、加工費は配分されない。一方、仕掛品はなんらかの加工作業がなされたものだから、その分の加工費が原価に乗ることになる。加工費は、通常毎月固定的に発生するから生産量が増えれば、製品1個あたりの加工費は薄められるわけだ。材料を仕掛品にする会計上の意味は、製品1個あたりの原価を引き下げる、ということに他ならない。つまり、製品原価が下がれば、粗利益は増える。では、全体としていくら利益が水増しされるかというと、仕掛品に配分した額だ。

それまで材料と見なしていたものを「仕掛品」として処理するとどうなるか。加工費の一部が仕掛品に配分されるということだ。逆に、その金額だけ製品に配分される加工費は減る。つまり、製品原価は減り、売上原価も減るのだ。売上原価が減れば、当然、粗利益は増えることになる。

達也はこう考えた。棚卸し直前の1週間で工場で起きた数々の不自然な動きは、材料を減らして仕掛品を増やすために行われたに違いない。仕掛品を増やせば売上原価に回る加工費は少なくなる。そうすれば見た目の利益を増やすことができる。

木内の言うように、材料倉庫にある部品在庫を「材料」とし、製造現場にあるものを「仕掛品」としているのだとすると、部品を倉庫から製造現場に移動させるだけで容易に利益を操作できるのだ。

（だから、棚卸しの直前に部品を倉庫から製造現場に移動させたんだ！）

逆に利益を減らしたければ、部品を現場から倉庫に戻せばいい。この方法で、おそらく斑目が決算数値を操作していたのだ。

（しかし……）

「木内課長が説明したように、材料と仕掛品を保管場所で分けることは問題ないんですか？」

達也が西郷に聞いた。

「いいような気がするし、いけない気もします。材料と仕掛品をどう区分するかについては、会計のテキストには書いてませんから」と言って、西郷は即答を避けた。

「西郷さん。うやむやにしないで、はっきり答えてくれませんか」

達也がもう我慢ならない、といった表情で言った。

「団さん、あわてないでください。監査はこれからです」

西郷もまた、いらだつ感情を懸命に抑えて答えた。

「本社の監査は今川先生でしょうか？」

そう聞いたのは製造部長の石川だった。

朝、斑目から誰が監査をするのか必ず聞いてほしいと連絡があったのだ。

「実は、今川先生の代わりに、私が引き続き行うことになりました」

「え、そうなんですか……」

とまどう石川の横で、達也は軽くこぶしを握り締めた。

(これで、もしかすると、西郷を味方につけられる。面白くなってきたぜ……)

ふみが託した手紙

西郷が棚卸しのフォローアップをしていたちょうど同じ4月14日、愛知工場長の三沢充は有休を取り、豊橋から新幹線で熱海に向かっていた。新幹線熱海駅の改札口に降り立つと、三沢は東京からやはり新幹線でやってきた財部早百合をすぐに見つけた。

「お嬢さん、お久しぶりです。奥様はお元気ですか」

三沢が声をかけた。

「母はもうほとんど寝たきりです。でも、頭はしっかりしておりまして、今日も出がけに三沢さんと宇佐見先生によろしくと申しておりました」

早百合は、力のない声で答えた。

「母がどうしても宇佐見先生と三沢さんにお伝えしたいことがあると申しまして……。こうしてご足労願いました。ありがとうございます」

三沢は早百合の表情からただならぬ覚悟を感じ取った。

そう、今日は2人で療養中の宇佐見の別荘に向かうのだ。三沢は達也にだけ宇佐見に会う旨を伝えておいた。うっかり他の人間に話したら、どんなルートで間中や益男や斑目に伝わるやもしれない。だから出張ではなく有休を使ってここまで来たのだ。

熱海から伊豆急行に乗り、伊東駅で降りる。そこからタクシーで2人は宇佐見の別荘に向かった。早百合は亡くなった先代に連れられて、何度か訪れたことがあるという。タクシーの窓からは春の緑が淡く光る景色が広がっていた。

宇佐見の別荘は一碧湖の先にあった。大室山まで歩いて小一時間の場所だ。インターフォンを押すと「お待ちしていました」と夫人の声がして、扉のロックが解除された。2人はこぢんまりした居宅に入った。

「このたびは母のわがままをお聞きくださり、本当にありがとうございます」

早百合は宇佐見夫妻に深々と頭を下げた。

「ほかならぬ、ふみさんの頼みだからね」

宇佐見はマヒした右手をさすりながら答えた。

「お体は大丈夫でしょうか」。三沢が心配そうに聞いた。

「見ての通りだよ。ところで達也は元気でやっているかな?」

「頑張っています。今は私の下におりますが」

「頑張っている? あいつは頑張りすぎてへまをする」

そう言いながらも、宇佐見はうれしそうに笑った。

「で、早百合さん。今日の用件は何だね」

「母からのお願いです。手紙を持ってまいりました。私もまだ目を通しておりません」

早百合はハンドバッグから封筒を取り出して、宇佐見に渡した。

「読んでくれないかな」

宇佐見がそう言うと、早百合は、毛筆で書かれた便せんを封筒から取り出し、声を出して読み始めた。

前略

宇佐見先生、お元気でいらっしゃいますか。

脳梗塞で倒れられたと聞き、たいへん心配しております。入院続きの私も、最近体力がめっきり衰えてしまいました。あと何年生きられるかわかりません。もしかしたら、明日にでもお迎えが来るかもしれません。私の最後のわがままを先生に聞いていただきたく、この手紙を書いております。

先生もご承知のように、銀行に勤務していた甥の間中隆三をジェピーの専務に迎えたのは、気の弱い益男を支えてもらいたいと考えたからでした。

しかし、最近会社の様子がおかしいのです。とんでもない大金をかけて本社を東京丸の内に移転したり、新しい工場を増築したり、揚げ句の果てには三沢さんを役員から外して愛知工場に追いやったり、今までのジェピーでは考えられなかったようなことが起きています。

それがどうも隆三の意向らしいのです。情けないことに会社の実質的な社長は隆三で、息子はただの飾り物だともっぱらの噂です。

息子の益男は、お恥ずかしい話ですが、隆三に寄りかかって満足に経営をしていないことを一度叱咤して以来、まったく私のもとに寄り付かなくなりました。事実上、絶縁状態です。もはや益男は隆三の言うなりです。

ところが、そんな絶縁状態の益男から秘書を介して先月連絡がありました。自宅を銀行借り入れの担保に入れてほしい、というのです。会社がつぶれることを恐れ、仕方なしに判を押しました。私は会社と息子の将来が心配でなりません。

もしものことを考えて、株式の所有割合を先生にお伝えいたします。私が60％、益男が10％、隆三が25％、残りは持ち株会の所有となっております。私の株式すべてを益男が相続すれば、隆三に乗っ取られることはないものと思います。

とはいうものの、私は不安で仕方がありません。

益男には助けが必要です。けれど、益男は私の言うことを聞きません。

先生、お願いです。

ぜひ益男を助けてやってください。ご自愛の程お祈りいたします。

かしこ

財部　ふみ

「知らなかった。そんなことが起きていたなんて……。益男兄さんと大喧嘩した、というのは聞いていたけれど……」

早百合は手紙を読み終えると封筒に戻してつぶやいた。

ふみは病院のベッドに横たわりながらも、間中の専横ぶりを警戒し、息子と会社の行く末を案じていたのだ。

「ふみさんは入院中だろう。どうやって、会社の内情を知ったのかね」

宇佐見が聞いた。

「兄は会社のことは私に何も言いませんし……。もしかしたら、病院にお見舞いに来ていただいた方から聞いたのかもしれません」

早百合は家族同然のつき合いをしてきた何人かの従業員を思い浮かべて言った。

「三沢さん、母の心配事は本当なんでしょうか？」

早百合が心配そうに尋ねた。

「残念ながら、その通りです。私が至らないばっかりに……」と言って、三沢はうなだれた。

「ただ……」

「ただ、何ですか?」早百合が聞き返した。

「社長が株式の70%を持てば、間中専務はどうすることもできません」。三沢は断言した。

「そうなんですか」早百合はほっとした表情を浮かべた。

するとマヒした右手をさすり、目を閉じたまま話を聞いていた宇佐見が口を開いた。

「間中君を侮ってはいけない」

「え?」。三沢は思わず声を上げた。

「だって、何か問題が起きても、いつもでも隆三さんを解任できるんですよね」

早百合は宇佐見に尋ねた。宇佐見は答えた。

「間中君は、そんなことは百も承知だよ」

小百合と三沢の間に戦慄が走った。

「先生、どうすればいいのでしょう?」

早百合は、すがるような思いで聞いた。

「残念ながら私は何もしてあげられない」

「……」

「ふみさんの願いをかなえられるのは……、達也しかいない」

「団君ですか？」と、三沢が聞き返した。

「あいつは一度地獄を見ている……」

宇佐見から意外な言葉が飛び出した。

「でも、彼は順風満帆のエリート街道をひた走ってきたんじゃないんですか？」

「三沢君。達也はかつて大失敗を犯したんだよ。それがあいつの原点なんだ」

「大失敗……」

「達也は最初に就職したコンサルティング会社で、ひどい会社を担当させられたんだ。いつ潰れてもおかしくないような会社だった。若気の至りとでも言おうか、達也は自分の能力を過信していた。最大の間違いは、テキストに書かれたケーススタディを鵜呑みにしていたことだ。どんな案件でも知識だけで解決できると信じていた。でも、世の中はそんなに甘くない。倒産しかけた会社には悪が群がる。あいつは、そんなことすら知らなかった。

達也は自信を持って解決策を提案した。社長は達也の提案を受け入れた。わらをもつかむ思いだったのか、それとも責任を達也に押しつけようとしたのか、どんな心境だったのかはわからない。だが、結果は目に見えていた。その会社は結局倒産して社長は自殺した。巨額の負債を負うことになった家族も後を追った。

そのとき、達也は自分の経験の足りなさを、いやと言うほど味わったんだよ。経験の裏づけのない助言が凶器になることも知った。そして、経験に勝る知識などはないということも。同じ間違いを犯さないためには地道に経験を積むしかないということも悟ったのだ。あいつは自分を責めた。だから……」と言いかけて、宇佐見は口をつぐんだ。

「だから？」

「その罪を、一生をかけて、仕事で償う決意をしたのだと思う」

「団さんは先生の……？」と、聞いたのは早百合だった。

「私の弟子です」

「先生と団さんを、信用すればいいのですね？」

「誤解してはいけない。私は達也に直接何かを教えるつもりはない。それに、あいつはあなたたちオーナーの都合で動く男じゃない。自分の信念で行動する男だ。私はそう信じている」

「その団君ですが……」

三沢が口を開いた。

「今、愛知工場の副工場長ということになっていますが、本社経理課長の役職は、今も兼務で残っているんです」

宇佐見が三沢のほうを向いて言った。

「そうか、それは面白い。会計監査期間中だけ達也を本社に戻したい、と斑目君に申し入れなさい」

「斑目君が納得しますか？」と、三沢は首をかしげた。

経理部長としては、会計監査を誰にも、とりわけ達也に邪魔されずに、何事もなかったように終わらせたいに違いない。

「あ、でも待ってください。もしかしたら、斑目君は快く受け入れるかもしれませんよ」

三沢の顔が急に明るくなった。

「実は、今までの今川先生に代わって、西郷さんという新しい先生が来ているんです。で、団君、その先生と一戦交えたんですよ。『そんな表面的なことなら素人でも指摘できる』なんて、普通じゃ言えないような、失礼な発言を浴びせたんです」

「そうか、達也らしい」

宇佐見は笑った。

「ということは、そのやりとりが伝われば、斑目君は達也とその西郷さんの2人は反りが合わない、と思ってしまうわけだな」

「そうです。2人が派手にけんかをしてくれれば、監査は進まなくなります。そうすれば俺の思うつぼだ、と斑目君は考えるでしょう」と言って、三沢も笑った。

宇佐見は早百合の目を見て言った。

「もう一度、ふみさんと会えるだろうか?」

「難しい、かもしれません。主治医の先生のお話では、とても外に出られる状態ではないと……」

「そうか……。とにかく、弱気にならずに株主総会まで頑張ってほしい、と伝えてくれないか」

早百合は宇佐見の真意がわからないまま頷いた。

間中のたくらみ

細谷真理が朝の通勤ラッシュの人混みのなか、JR日暮里駅で電車を待っていると、携帯電話がブルブルと振動した。達也からだった。

「もしもし、真理ちゃん?」

「課長？　ご無沙汰ですね」

真理はそっけなく答えた。

達也は真理の冷たい反応におかまいなく、用件を話し始めた。

「来週から1週間だけ本社に戻ることになった」

「会計監査に立ち会うんですか？」

「そういうこと。で、今日東京に移動するんだけど、例の根津の寿司屋で会わない？」

「私だって、いつも暇ってわけじゃあないんですよ。ちょっと待ってください」と言うと、真理は携帯を手で押さえ、すこし間を置いてから返事をした。

「大丈夫。じゃあ夜7時にお店で。雨天決行よ」

8時50分。真理はいつも通りの時刻に丸の内の本社に到着した。どういうわけか、遅刻の常習犯である斑目がすでに来ていて、経理部員を自分の席の前に立たせて演説をしていた。

「来週の4月20日から会計監査が始まる。監査人は西郷さんという若い先生だ。我が社の監査は初めてだから、いろんなことを質問されるだろうが、いやな顔をしないで対応してもらいたい。ただ、要求された書類以外は絶対に見せてはいけない。痛くもない腹を探られてはたまらんからな」

達也が言っていた会計監査の準備のようだ。

真理は自分の席に着くと、パソコンのスイッチを押した。

「細谷君、ちょっと」。だらしなく太った体を揺らして斑目が近づいてきた。

「君はいろいろと資料を作るのが好きなようだが、私が許可した資料以外、会計士の西郷先生には見せてはいけない。それから、来週1週間、団に会計監査に立ち会ってもらうことにした。彼は今も肩書上は経理課長だからね」

「はい」

真理は無愛想な顔で答えた。

「うれしくないのかね。団に会えるんだよ」と言って、斑目は下品な笑みを浮かべた。


その日の夜。

「いらっしゃいっ」

真理がいつもの寿司屋ののれんをくぐると、威勢のいい声が聞こえてきた。

「真理ちゃん。団さんがお待ちかねだよ」

真理はつとめて平静を装っていたが、心は躍っていた。

「団さん。これ梅貝ですね。私ももらおうかしら」と言って、真理は達也の隣に腰を下ろした。

「寿司はやっぱり東京だね」と言って、達也は梅貝の握りを口に運んだ。

「私にもお酒をいただけます？」

真理がぐい飲みを達也の前に差し出した。

それは3杯も注いだら一合徳利が空になりそうな大きなぐい飲みだった。真理は一気に飲み干した。

「おいしい！」

一息ついて、真理はうれしそうに団に話しかけた。

「課長、何ですか一体、突然私を呼び出したりして。何か面白いことでもあるんですか？」

「君に協力してもらいたいことがあるんだ」

「何でも言ってくださいよ。私は団さんの味方ですから」

達也は照れ笑いを浮かべた。

「実は、三沢工場長から聞いたんだけどね」

「どんなことですか?」

「前に未亡人の財部ふみさんのことを教えてくれたよね。今は1年ほど前に心筋梗塞で倒れてから、ずっと病院で寝込んだままだそうだ。このまえ、久しぶりに、ふみさんの娘の早百合さんから三沢工場長に連絡があった。一緒に宇佐見のオヤジに会いに行ってほしいと言われたらしい」

「ふみさんは、宇佐見先生に連絡していなかったんですか?」

「宇佐見のオヤジも脳梗塞で倒れて別荘で療養中だし、オヤジを煙たがっている間中専務に勘ぐられたくなかったんじゃないかな」

「でも、突然連絡があったわけですよね」

達也はぐい飲みを空けてうなずくと、三沢から聞いた話を、真理に説明した。

宇佐見が伊豆高原の別荘で療養していること。そこに早百合と三沢とで訪れたこと。ふみが託した「ジェピーを救ってほしい」との手紙を宇佐見に渡したこと——。

「そう、ふみさんは気づいたんだよ」

達也は語気を強めた。

「何に?」

「間中専務がジェピーを乗っ取ろうとしているってことをね」

「ジェピーを乗っ取る?」

「そう、ふみさんはそのことに気づいた」

「本当に間中専務が? ふみさんはいつ気づいたのかしら……」

「息子の益男社長から、ふみさんの屋敷を銀行借り入れの担保に提供してほしい、と頼まれたときらしい。株主総会をするから自分に委任状を書いてくれとか、社長はいろんな要求をしてきた。ふみさんによれば、社長がそうした行動をしているのは、すべて間中専務の指示によるものだ、と言うんだ」

「間中専務の指示だって、なぜわかったのかしら」

真理はまだ納得していない。

「ふみさんは先代社長とジェピーを創った人だよ。家族同然のつき合いをしてきた従業員は今でもたくさんいる。間中は、高学歴の血縁関係者というだけの理由で、最初から取締役の身分で入社して、我が物顔で振る舞っている。だから社内にも間中を嫌っている連中は当然いるし、そんな間中の動きをつぶさに観察している従業員がいっぱいいても不思議ではない」

達也は空になった2つのぐい飲みに酒を注ぎ、話を続けた。

「ふみさんのところには、そうした従業員からいっぱい情報が寄せられるらしい。だから息子の現社長が間中の操り人形になっていることを知ってしまったんだ」

　達也は三沢からの伝聞を、真理に次々と伝えた。

「でも、ふみさんにもしものことがあったら、ジェピーの株は社長が相続するんでしょ。間中専務は社長を操ることはできても、ジェピーを乗っ取ることはできないと思うけど」

「俺もそう思っていた。でも、間中は何かの方法を考えているに違いない。宇佐見のオヤジは、別荘を訪れた早百合さんと三沢工場長に『間中を侮るな』と言ったそうだ」

「どういう意味かしら？」

「俺にもわからない……」。達也はぐい飲みを口元に近づけた。

　真理は梅貝の刺身をつまみながら考え込んだ。

「ねえ団さん、唐突な質問だけど、ジェピーは赤字なんでしょ。でも、懸命に黒字に見せかけようとしている。なぜなの？」

「君は、無理に粉飾する必要はない、と考えているの？」

「そうよ。だって、ジェピーは株式を公開しているわけでもないし、特許権をいくつも持っているし、無理して粉飾する理由はないと思うんだけど……」。真理はぐい飲みを空けた。

「そうだろうか？」

達也が話を続けた。

「社長の立場からすれば君の考えは正しい。粉飾なんてする必要はない。粉飾すれば、払う必要のない税金を払うわけだし、粉飾決算を修正しても、払い過ぎた税金を簡単には取り戻すことはできない。こんな無駄はないよね」

達也は鯖の握りを口の中に放り込んだ。

「しかしだよ、間中専務の立場からすれば話は違ってくる。本社移転も、可変抵抗器とコネクターのビジネスも、専務が決めたことだ。いわば彼が事業責任者だ。そのせいで会社が赤字、というわけにはいかないよ。彼は銀行マンだから、決算数値には敏感だし」

「それもそうね」

真理は、達也と一緒に突き止めた不正取引を思い浮かべた。

「ということは、あの愛知パーツと北海道工業を使った循環取引は、間中専務の指示ってことかしら？」

「そう考えるのが自然だね。それに〝王川梱包〟を使った不正支払いも臭い」

「そうね。専務が井上部長を責め立てたとき、部長は『なぜ俺なんだ』って顔で、専務をにらんでいたものね。ということは、間中専務が井上部長を利用していたっていうこと?」

「おそらくそういうことだろうね。井上だけじゃない、沢口萌もグルのはずだ」

「萌ちゃんが? でも……」

真理も萌を疑っている。が、まだ確信が持てない。

「2つの不正取引は、すべて支払いが絡んでいた。支払い担当の彼女が知らないわけがない。それに彼女は毎朝7時には出勤して、パソコンを立ち上げ、何やら他人に知られたくない作業をしている。だいたい俺が初出社したとき、彼女のパソコンの画面をのぞこうとしたら、いきなりパソコンのスイッチを押して、電源を切ってしまったんだ」

真理は以前、斑目にパソコンの画面を見られそうになったとき、コードを足で引っ張って、同じように無理に電源を切ったことを思い出した。

「だから、あのとき、間中専務が沢口萌をかばったのは、自分が首謀者であることがばれるのを恐れたからに違いない」

なるほど。真理にもようやく合点がいった。

達也が不正を暴いたとき、間中は泣き出した萌を咎めずにかばった。その理由が、今はっきりわかった。

それだけではない。萌の涙は彼女自身だけでなく、間中をもカムフラージュしたのだ。

（おそらく、あいつらは、ただの上司と部下の関係じゃない……）

達也は確信していた。

「循環取引も、支払代金の着服も、間中専務の指示だったのね」

「まだ仮説にすぎないけれど、そうだとしたらすべて辻褄が合う」

「許せないわ」

「俺だって絶対に許せない」

「でも、私たちに何ができるの？　社長ですら間中専務の言いなりなのよ」

「望みはないわけじゃない。少なくとも1つは残されている」

真理は身を乗り出して「どんな？」と聞いた。

「西郷さんだよ」

「西郷さんって？」

「公認会計士の西郷先生だよ。彼に大暴れしてもらう。そして、俺があいつらの首根っこを押さえつける」

達也は目の前のぐい飲みを一気に飲み干した。

西郷、ジェピー本社へ

4月20日朝。西郷はジェピー本社が入っている東京駅前の近代的な高層ビルを見上げた。

(こんな豪華なビルに本社を構えるなんて……)

西郷は首をかしげた。会社にはそれぞれふさわしい場所がある、と西郷は思っている。ジェピーが商社や海外の得意先が多い会社なら話は別だ。人は外見でものごとを判断する側面がある。その会社の属する業界によってはオフィスのロケーションや、ビジネスマンのファッションといった「外見」が仕事において重要なケースもある。海外のバイヤーがこの豪華な建物を見て、いい意味で勘違いすることもあるかもしれない。その場合、高い家賃はいわば宣伝費のようなものだ。

けれども、ジェピーは年商100億円の未上場の中堅企業で、しかも地味な部品メーカーだ。得意先のすべては日本企業だし、納品先の工場は地方に点在している。東京のこんな豪華なビルに本社を置く必要はない。

（経営者の見栄で丸の内の高層ビルにオフィスを構えているとしたら、決算数値も見栄を張っているかもしれないな）。西郷は思った。

西郷が受付に着くと、太った体を上下に揺らして斑目がやってきて、軽く挨拶を交わしたあと、西郷を経理部の会議室に案内した。

テーブルには決算書と元帳と伝票が置かれていた。椅子に腰を下ろすと、斑目は、このビルからの眺めがいいとか、おいしいレストランがたくさん入居しているとか、およそ監査とは関係のない話を止めどもなく続けた。いい加減うんざりした西郷は、

「斑目さん、私も半年前まで東京にいましたから、このビルには何度も仕事で来ております」と告げ、半ば一方的に雑談を打ち切り、仕事を始めた。

「では、12時少し前に戻ってきます。それからお食事でも」

「お気遣いなく。適当に済ませますから」

西郷はやんわりとではあるが、はっきり斑目の誘いを断った。久しぶりの東京だし、昼食くらい気楽に食べたい。

「あっ。それから、定款と取締役会議事録と稟議書をお見せいただけませんか」

西郷は斑目に依頼した。

「今日は書類を見せてもらい、質問はまとめて明日以降にさせていただきます」

「わかりました」と言い残し、斑目は会議室から出ていった。

西郷は自前のノートブックパソコンをバッグから出して立ち上げると、エクセルに過去3期分の決算数値を入力して、数字の動きを丹念に追った。損益計算書では、たしかに利益は出ている。ところがキャッシュフロー計算書の営業キャッシュフローは赤字だ。つまり、商売した結果、現金が足りなくなってしまったということなのだ。

(利益とキャッシュフローがねじれている……)

西郷は貸借対照表に目をやった。

(これだな!)

原因はすぐに見つかった。

在庫と売掛金が極端に増加していたのだ。もちろん、利益が増えて、逆に営業キャッシュフローが減ったとしても驚くことはない。会計の仕組み上、普通に起こり得る現象なのだ。

たとえば、半導体装置を製造販売する会社のように、販売価格が高くて、製造期間が長く、売上代金の回収に1年近くかかる場合、利益を計上した年度には代金が回収されないから営業キャッシュフローがマイナスになることはある。

逆に、代金が回収される翌期は営業活動と製造活動が中心となり売上高がたたないため、利益は出ないが営業キャッシュフローはプラスになる。

だが、コネクターやスイッチを製造販売しているジェピーの場合、製造期間も短いし、販売代金の回収はせいぜい2カ月以内だろう。それなのに、税引き前利益が黒字で、営業キャッシュフローが大幅なマイナスなのだ。

もう1つ気になった点は在庫の急増だった。腑に落ちないのは、増えたのは仕掛品在庫金額だけで、材料在庫も製品在庫もゼロなのだ。

たしかに実地棚卸の日、愛知工場の材料倉庫は空だったたし、製品倉庫にあったのは最終検査待ちの仕掛品だった。

これも詳しく調べる必要がある、と西郷は思った。


「ご無沙汰してます」

書類を抱えて会議室に入ってきたのは達也だった。達也は書類を机の上に置くと、

「私もこの資料を見るのは初めてです」と言って、椅子に腰を下ろした。

西郷は会釈しただけで、達也を避けるように黙々と仕事を続けた。

(愛知工場での一件をまだ根に持っているのかな)

達也は内心苦笑した。

達也は厚い稟議書のファイルに目を通した。そこには日々の決裁事項が細々と書かれていて、すべての書類に間中による直筆のサインがあった。

次に、取締役会議事録をペラペラとめくった。それは、中身のない形式だけの書類だった。最後に、最新の定款を手に取った。どうやら最近作り替えたらしい。達也の目に留まったのは第10条だった。

第10条

当会社は、相続その他の一般承継により当会社の株式を取得したものに対し、当該株式を当会社に売り渡すことを請求することができる。

達也はこの条文の意味を考えた。同族会社にとって株式の分散は避けたい課題だ。ジェピーは経営者以外に、従業員が発行株式の5％を持っている。彼らに相続が生じたら（つまり死亡したら）株式は相続人に渡ってしまう。

この条項を定款で定めれば、会社の経営にとって好ましくない相続人が株式を保有するリスクを回避できる。会社を守るのに効果的な条項なんだ、とこのときの達也は納得した。

突然会議室の電話が鳴った。斑目からだった。

「用事が済んだら早く戻ってこい」

達也は黙って部屋を出た。

4月21日、監査2日目。午前11時、西郷は斑目を会議室に呼んだ。斑目は達也に一緒に来るように、声をかけた。

「今期は厳しい決算だったようですね」

西郷が切り出すと斑目は表情を変えず否定した。

「そんなことはありません。すべて順調というわけではありません。しかし、社長と専務の経営手腕で、この不景気でも利益を出すことができました」

「そうですか。では二、三気がついたことをお聞きします」

「何なりと」

斑目は自信に満ちていた。

「前期と比べて売掛金が6億円も増えていますが、どのような理由でしょうか?」

「理由はいくつかありますが、なんと言っても期末にワールドワイド電機（ＷＷＥ）に出荷したのが大きいですね」

西郷は3月30日のカットオフ情報を思い浮かべた。あのことを言っているのだろう。注文書もあるし、たしかに製品は出荷されていた。

「ほかに理由はありませんか？」

「売掛金が増加した原因ね。特にありませんな。まあ、監査は始まったばかりですから、ゆっくり調べてください」

斑目は余裕を見せた。

「次に、在庫ですが、これも合計で2億円増えています。どうしてでしょうか」

「うちの売り上げは年100億円ですよ。2億円なんて誤差みたいなものです」

「私たちは、その誤差が気になるのです」

西郷が反論した。

「よくわかりませんね。これもゆっくり調べてください」

斑目は、そう言ってとぼけた。

「当社は材料も製品もゼロなんですね」

同席していた達也が、西郷に聞こえるように、斑目に聞いた。

「本当は仕掛品もゼロにしたいと思っているんだが、それぱかりは難しいな」

斑目は、大まじめで答えた。

(粉飾の道具である仕掛品在庫をゼロにしたいだと……)

達也は腹立たしさを覚えた。

だが一方で、西郷が斑目の粉飾をどのようにして見破るのか、楽しみになった。

「それともう1つ教えてください。営業キャッシュフローが赤字ですね。ということは運転資金が払底して借入金でつないだ、ということですね。違いますか」

西郷は斑目に尋ねた。

「なるほど。先ほど西郷先生が私に、『厳しい決算でしたね』とおっしゃったのは、このことなんですね。そりゃあ厳しいですよ。昨日も申し上げましたように、赤字の営業キャッシュフローを承知のうえで、販売活動と生産活動のカジを切っているのです。だが、経営上全く問題はありません」

「なるほど。今日聞きたいことは以上です。確認状が返ってきていますので、明日までに差異を調べておいてください」

西郷は確認状の束を達也に渡そうとした。すると「これは私が調べておくよ」と言って、斑目は達也の手からむしり取り、急いで経理部に戻った。

斑目の後ろ姿が見えなくなるのを確認すると、達也は西郷に向かって言った。

「西郷先生。こんな生やさしい監査では何も見つかりません」

西郷が目をむいた、

「またですか？　あなたは私に何を言いたいのですか？」

達也は動じず、繰り返した。

「そんなことでは、会計の数字の後ろに潜む真実は見つかりません」

「変な人だな、あなたは」

西郷の声が大きくなった。

「普通、クライアントは真実を隠そうとする。でも、あなたはそれを見つけよと言う。いや、見つけられないのは私が無能だから、と言わんばかりだ」

達也は西郷の目を見据えて言った。

「あなたが無能かどうかは、いずれわかることです」

「失礼にもほどがある！」

西郷の声がさらに大きくなった。

「会計監査人は自分の責任と能力で真実を追及する仕事です。団さん、あなたは私に何を試そうとしているんですか？」

今度は西郷が達也の目を見返した。達也はふっと視線を外すと、一転して穏やかな口調でつぶやくように言った。

「このままだと、あなたは〝ジェピーの魔術師〟が作った決算書に騙されるかもしれない。僕は、それを恐れているんです」

こう言い残して、達也は会議室を後にした。

ジェピーの、魔術師？

西郷の脳裏にその言葉が焼きついた。

西郷 vs. 数字の魔術師

4月22日、翌日の23日……。来る日も来る日も、西郷は黙々と監査を続けた。達也も終日監査に立ち会った。

「何を聞かれても勝手に答えるな。すべて俺が答える。お前の仕事は会計監査の邪魔をすることだ」

その間、斑目はきつく達也に言いきかせた。

西郷と達也の2人はほとんど会話することなく時間だけが経った。西郷の仕事ぶりを見ながら、達也は以前、宇佐見がこんなことを言っていたのを思い出した。

〈監査は英語ではオーディットだ。同じような単語を並べてみよう。オーディオ、オーディアンス……。わかるね。監査とは『聴く』ことなんだ〉

ところが、目の前の会計士はなぜか、一言もしゃべらず、何も問いかけない。

（何を考えているのだろうか…）

達也は会議室に漂う異様な空気を感じた。

（そういえば、宇佐見のオヤジはこんなことも言ってたな）

〈監査という仕事には時間の制約がある。だから、すべての不正を見つけることはできない。だからといって、決定的に重大な不正が見つけられないような監査人は落第だ〉

会計監査はせいぜい2～3週間で、1年の間に作成された膨大な資料をチェックして、そこから問題点を見つけ出す仕事だ。当然、見落としはあり得る。会社側が「目くらまし」を仕込んでおくこともある。

しかし、ほとんどの「目くらまし」は、監査意見に影響するほど重要ではない。見つかってほしくない不正は、見えにくいところに慎重に隠されているのだ。

隠された不正を見つける。公認会計士の能力はこの一点で決まる。少なくとも、宇佐見はそう考えていた。

循環取引、支払代金の横領、在庫を使った利益操作。

西郷は、これらの不正を見つけられるのか。

そして4月末日。

「団さん。売掛金について聞きたいのですが」

西郷が突然口を開いた。

「前期と比べてワールドワイド電機（WWE）への残高が大幅に増加していますが、理由を教えていただけませんか」

西郷は、機械的な質問を達也に投げかけた。

「営業に聞かないとわかりません。あとで調べます」

達也のほうもとぼけた顔をして、機械的に答えた。

西郷はさらに尋ねた。

「それからWWEから返ってきた売掛金の残高確認書を見ますと、先方の買掛金はずっと少ない金額になっています。なぜでしょう？」

「当社の売り上げを出荷基準で計上してるからです。不自然ではないと思います」

これに対しても達也はそう簡単に答えた。

「ということは……。WWEの買掛金とジェピーの売掛金との差は月末近くで出荷した売上高の合計と一致するはずですね」と言って、西郷は売掛金補助簿の数字を見ながら、電卓をたたいた。

「ぴったり合いました」

西郷はうれしそうに笑った。

「それで、この売掛金はいつ回収されますか?」

西郷は回収日を聞いた。これは架空取引を見破る初歩的な手続きだ。

もし架空の売り上げなら、売掛金は帳簿に残ったまま回収されることはない。監査期間中に回収があれば、それをチェックするに違いない、と達也は考えた。

「回収条件は、5日締め翌月末回収です。ただ、WWEのような大企業は自社の都合で検収しますから、この代金がいつ入金になるかはわかりません」と、達也は答えた。

「たしかに、WWEは世界的に有名な会社ですから、代金が回収できなくなるようなことはないでしょうね」

西郷の言う通りだ、と思いながら、達也は今ひとつ自信が持てなかった。あの決算日直前1週間の工場の動きがいまだに気になっていたからだ。

なぜ、2度に分けて愛知工場からWWE社に出荷されたのか。最初の時点で、すでに製品在庫はあったのだから、出荷は1度で済んだはずだ。しかも、最初は自社のトラックで、2度目は外部の運送会社のトラックで運び出されていた。自社のトラックを使えば、コストの節約にもなる。

いくら考えても、納得できる答えは見つからなかった。

「北海道工業から戻ってきた確認状についてお聞きしたいのですが……」

西郷は確認状を達也に見せた。

「たしかに先方の社判が押されて戻ってきました。特にコメントは何も書かれていません。おそらく、先方は何もチェックしないで返送したのでしょう。それはそうとして、よくわからないことがあるんです」

西郷は分厚い売掛金の補助簿を開いた。

「ここを見てください。売上高と回収金額です。3カ月に1回売り上げが計上されています。この売上金額は、ほとんど同じです。だからといって、これだけの理由でおかしい、と言っているのではありません。腑に落ちないのは、その回収金額です。通常、売掛金は1円の違いもなく正確に振り込まれます。ところが、北海道工業から振り込まれる金額は、請求した金額ではなく、百万円未満を切り捨てた『ラウンド』の金額になっています。ですから、この差額が未回収売掛金としてどんどん膨らんでいます。なぜでしょうか？」

売掛金にせよ買掛金にせよ、ラウンド金額で決済される場合は要注意だ。西郷は、おだやかな語り口ではあったが、そこを突いてきた。

（お、西郷さん、やるじゃないか！）

達也はうれしくなってきた。が、そんなそぶりはまったく見せず、

「そうですか。ちょっと帳簿を見せていただけませんか」

と言って、達也は売掛金の動きを追う仕草をした。

「なるほど。たしかにそうですね。もしかして、北海道工業は資金繰りに問題があるのかもしれませんね。でも、売上代金の8割は回収されてますから、問題はないと思いますが……」

達也はとぼけて、無責任な回答をした。

西郷はそこにかみついた。

「私は、回収金額のことを聞いているのではありません。振込金額がなぜラウンドなのかを知りたいのです。それに、ラウンドということは、ジェピーの側では、請求書の明細単位での消し込みはできていない、ということですよね」

請求書には1カ月間に売り上げられた製品の品名、出荷日、数量、金額の明細が書

かれている。どの製品の販売代金が未回収なのか正確につかんでいないのではないか、と西郷は言うのだ。まさしくその通りだよ、西郷さん。達也は内心笑みを浮かべた。

「それから、これを見ていただけませんか」

西郷は「買掛金補助簿」を達也の目の前に広げた。そこには愛知パーツに対する買掛金の増減が印字されていた。

「愛知パーツから3カ月ごとにコネクターを仕入れていますね。この買掛金の決済も、ラウンドの金額で行われています。なぜなんでしょうか?」

「何か不都合なことでも……」

またまた達也はとぼけた。

「先ほど、団さんは北海道工業が代金をラウンドで振り込んでくるのは、資金繰りに問題があるから、とおっしゃいましたよね。その理屈で言えば、仕入れ代金をラウンドで振り込んでいるジェピー社も、資金繰りに問題がある、ということなんでしょうか?」

西郷の眼光が鋭く光った。

(やるじゃないか、でもこのくらいはすぐにわかってもらわないと困るんだ)

達也はまだ西郷の能力を完璧に信用はしていなかった。この程度のことなら、普通の会計士なら誰でも見抜けるはずだ。

「3カ月ごとに同額の取引をして、その決済がラウンド金額ということにこだわっているんですか？　でもそれは、たまたま同じだったということではないでしょうか？」

達也は逆に意地の悪い質問をした。

「最初、私もそう思いました。でも、そうではないんです。これを見てください」

と言って、西郷は2枚の紙を机の上に並べた。

「取引の中身も同じです。こちらは北海道工業へ送った請求書の控え、それから、こちらが愛知パーツから送られてきた請求書です。よく見てください。単価が違うだけで、製品名も数量も同じなんです」

「当社は北海道工業から注文をもらった商品を、愛知パーツで作って、北海道工業に直送していますから、仕入した製品と数量と、売り上げた製品と数量は同じになりますよね。それが何か都合の悪いことなのでしょうか？」

達也は意地の悪い返事を繰り返した。しかし西郷は動じることなく、達也の回答をかわした。

「愛知パーツとジェピーと北海道工業の間では、全く同じ商品が年4回も繰り返し売買されているのです。団さん、こんなことは誰かが仕掛けない限り起きません」

「……」

「それから、この取引の利益率はたった2%なんです。なぜ、こんな薄利の商売を続けるのでしょうか。この点も、私には理解できません」

「……」

「団さん。私の仮説が正しければ……」

西郷は言った。

「これは〝循環取引〟です」

ついに西郷は核心を突いてきた。しかも完璧なロジックで。それでも、達也は満足しなかった。次に西郷が何を指摘するのか、知りたくてたまらなくなった。

西郷は淡々と質問を続けた。

「こんな方法で仕掛品の在庫金額を計算する会社を初めて見ました」

そう言って、いささか皮肉っぽい笑みを浮かべた。

「通常、仕掛品の評価計算は複雑で、処理件数も多いためコンピュータを使います。しかし、おたくの会社は電卓で簡単に計算できる。画期的な方法ですね」

（画期的、ときたか。西郷先生、強烈な皮肉だぜ）

西郷は仕掛品の評価がなぜ大切なのか、説明を始めた。

「言うまでもありませんが、仕掛品の金額は、それが製造工程のどこにあるのかで、大きく変わってきます。倉庫から払い出されたばかりの仕掛品と、完成直前の仕掛品では、加工費が全然違ってくるからです」

「わかります」

達也は短く答えた。

「愛知工場では、ほとんどすべての工程に、たくさんの仕掛品在庫が散在していました。正直言って『これらを評価するのは大変だな』と思いました。ところが、仕掛品の計算シートを見たら、ものすごく簡単に計算していました。これには、正直言って驚きました」

「ええ。斑目部長が考えた計算方法だそうです」

達也が言った。

「そうでしたか。優秀な方ですね」

と言って、西郷は監査調書をめくった。

「原価計算マニュアルと今期の仕掛品の計算シートを見たのですが、簡単に言えば仕掛品の計算方式はこのように考えていいんですね」

西郷は、声に出して計算の順序を確認した。

「まず、決算期末の仕掛品の在庫数量をカウントする。具体的には、製品1個に対して1個だけ使うメインパーツの数をカウントして仕掛品数を確認し、部品展開、つまり部品表を使って構成部品に分解する。次に、それぞれの部品の数量に単価をかけて材料費に置き換える。この金額の合計が仕掛品の材料費となる。ここまでは問題ないですね」

西郷は自分の理解が正しいか、達也に確かめた。

「その通りです。実地棚卸で仕掛品の数量を確定させると、愛知工場の木内課長が数量をコンピュータに入力します。コンピュータは部品表を参照して、製品を構成する子部品に分解します。その部品数量に単価をかけ、材料費を自動的に計算します」

達也が答えた。

次に西郷は、材料費と同じように、加工費の計算の仕方を声に出して確認した。

「材料費は製品ごとに計算しています。でも、加工費は、可変抵抗器、コネクター、マイクロスイッチごとに、仕掛品の加工費をまとめて計算します。いいですか？」

西郷が確認すると、達也は黙って頷いた。

「加工費は、会計システムで作成する部門費集計表（実績値）を使います。この加工費を、仕掛品在庫と製品在庫と売上原価に一括で配分します。これでいいですか？」

「間違いありません」

達也が答えた。

「本来加工費の配分基準は、作業量を表現するものでなくてはなりませんから、一般には作業時間が使われます。ところが、ジェピーでは材料費を使っています。つまり、仕掛品と製品の材料費が１００ずつとすると、加工費は仕掛品の材料費に50％をかけて計算した額と、完成品の材料費に１００％をかけた金額の割合で配分します。こうして計算した加工費と材料費を足して、仕掛品金額を計算します。私の理解に間違いありませんか？」

西郷が聞くと、達也は、

「斑目部長が作った原価計算マニュアル通りです」

と答えた。

西郷はなぜか大きく深呼吸した。そして、これまでと全く違う口調で達也に話しかけた。

「以前、愛知工場で、私が『材料費を加工費の配分基準にすると、材料費の高い製品がより多くの加工費を負担することになるから、この計算方法は合理的ではない』と申し上げたとき、三沢工場長は『製品ごとの材料費はそんなに違わないから、間違いではないでしょう』とおっしゃっていました。たしかにその通りですよね。しかも、会計監査で問題としているのは個別の製品原価ではなく、1年間の売上原価と仕掛品原価ですし、ずっと継続的にこの方法で仕掛品を計算してきたわけですから、利益操作に使われることはない、と思っていました。でも、大変重要なことを見落としていました」

「何を見落としていたんです?」

達也が聞き返した。

西郷は達也の目を見て、微笑んだ。これまでに見せたことのない、温かみのある表情だった。そして穏やかな口調で言った。

「団さん。あなたの一言で気づいたんです。自分はまさに『表面』しか見ていなかった」

達也も西郷の目を見た。そして聞いた。

「差し支えなければ、その意味を教えていただけませんか?」

西郷はうなずいてゆっくりと説明を始めた。

「一言でいうならば、作業量と材料費の金額とは全く関係がない、ということです。時間は作業量ですが、材料費は違います。当たり前のことです。しかし、材料費に加工進捗率を掛けて完成品に換算していることで、ころりと騙されてしまったんですね、これを認めてしまえば、簡単に決算を粉飾できるということです。不覚でした」

と言うと、西郷は達也の表情を伺った。達也は表情を変えずに聞き返した。

「西郷先生、僕にはあなたの言いたいことがまだわからない。もっと具体的に説明してもらえませんか？」

「その前に私から質問させてください」

西郷が迫った。

「棚卸しの当日、未開封の部品が製造工程に山積みされていました。あれは、作為的に行われた……。違いますか？」

達也は答えた。

「その件につきましては、いずれ斑目から説明があると思いますので、回答は控えさせていただきます。ただ、団達也個人として、あなたの考えを聞いてみたい」

こう言いながら、達也は初めて西郷に好意を感じていた。この男、ただの経理屋ではない。

「目的は明白です」

「何ですか?」

達也が身を乗り出した。

「利益操作です。利益を水増ししたければ、材料を倉庫から製造工程に移動すればいいのですから」

西郷が笑みを浮かべた。

(西郷さん、ついに魔術のカラクリを見破った……)

だが、この程度のことを見破るのは、百戦錬磨の会計士ならさほど難しくはあるまい。達也はハードルもう一段階引き上げ、あらかじめ用意したとっておきの質問を口にした。

「西郷先生。おっしゃりたいことはわかります。でも、あなたの仮説が成立するには、材料と仕掛品の違いを説得力のある言葉で定義する必要があると思いますが」

達也はたたみかけるように質問を続けた。

「そもそも材料と仕掛品を区別する基準って何ですか。まさか置き場所ではないでしょうね?」

すると、西郷は「その質問は変ですね」と言って、ファイルされた棚卸実施マニュアルを開いて達也に見せ、指さした。

「では、団さん。あなたはここに書いてあることをそのように解釈しているのですか？」

そこには、**〈決算棚卸に際しては、未使用の部品は材料倉庫に戻し、材料と仕掛品を明確に区分する〉**と書かれていた。

「つまり、このマニュアルを素直に読めば、製造工程にある在庫はすべて仕掛品ということです。何の変哲もない規定ですが、しかし、よく考えると実に曖昧です」

西郷は紙に材料倉庫、製造工程と大きく書いて、達也に見せた。

「最初私は、部品が材料倉庫にあるか、あるいは製造工程にあるかで、材料と仕掛品に分けるべきだと思っていました。これが盲点でした。先に申し上げたように、それを認めると利益操作が簡単にできてしまうからです。つまり、この方法は間違っているんです。じゃあ、正しい方法は何なのか。どのような基準で材料と仕掛品を区分すべきか、実は監査期間中ずっと考えていました」

西郷は湯飲みを手にとって、冷めた日本茶を一口飲んだ。

「それで、結論は出たのですか？」

達也は、はやる気持ちを抑えて聞いた。

「普通、私たち経理屋は、材料と仕掛品をどのように区分すべきか、ということは深く考えたりはしません。すでに材料と仕掛品は区分されているものとして、それぞれをどのように評価するかを考えます。この規定は経理屋の盲点を突いているんです。だから、問題の本質がどこにあるのか、それがなかなかわからなかった。でも今、はっきりとわかりました」

「どのようにして区分するのが正しいんでしょうか」

「一言でいえば、〝結婚〟したかどうか、です」

西郷は満面に笑みを浮かべた。

「えっ！　結婚？」

あまりに突飛な表現に達也は驚いた。西郷は説明を続けた。

「材料は独身者、仕掛品は既婚者なんですよ」

結婚相手が決まっていない「独身者」と同じように、「材料」は、まだどの製品を作るために使われるのか決まっていない部品のことを指すというのだ。

しかし、特定の製品を作るために使用されることが決まった瞬間、それは「材料」から「仕掛品」になる。なぜなら、特定の製造指示がついている部品は、他の製品製造に流用できないからだ。西郷は、それを「結婚」という言葉で表現したのだ。

達也は用意したもう1つの質問を口に出した。

「ということは、愛知工場の製造ロボットの周りに置かれていた未開封の部品は、仕掛品ではなくて本当は材料だった、ということでしょうか？」

「いいえ。仕掛品です」

「どうして断言できるのですか？」

達也は聞き返した。

「製造指示ですよ。あのとき、愛知工場にあった未開封の部品は、すべて製造指示に基づいて出荷されたものです。それは、棚卸のフォローに行ったとき、確認しました。愛知工場では、置き場所が材料倉庫でも製造工程でも、結婚相手が決まっている部品はすべて、仕掛品としていたのです。つまり、理論的に全く問題がなかった、ということです」

達也は、西郷がタグと製造指示書と部品構成表をチェックしていたことを思い出した。あの監査手続きに、このような意味があったとは……。

「棚卸しの日、製造工程にあった未開封の部品はすべて仕掛品ですから、問題の本質となるのは……」

「何が問題なのですか？」

達也がさらに聞き返した。

「結局のところ、加工費の配分基準ということになりますね。未開封の部品には加工はなされていません。ところが、ジェピーのルールでは、製造工程に置かれている部品は仕掛品ですから、それが未開封の部品であっても、完成品の50％に相当する加工費が仕掛品の金額に配分される。その分、製品1個当たりの加工費は薄まりますから、当期の売上原価は少なくなる。つまり、会計上の粗利益が増えるということです」

（さすがだ！）

達也はそう叫びたい衝動に駆られた。しかし、まだ満足しちゃだめだ。西郷にはもっと仕事をしてもらわねばならない。

「あなたのご指摘のように、仕掛品の計算方法は監査上問題があるかもしれません。でも、これまで会計士監査では、この点は一度も指摘されたことはありません。これはどういうことなんでしょうか」

冷静を装って、達也は質問した。

「少し専門的な話になりますが、この問題には二つの要素が絡み合っています。一つは、生産量を増やすとそれだけ利益が増えてしまうという会計理論そのものの欠陥です。製品原価に含まれる加工費が薄められるからですね。これはどうすることもできない。もう一つは、繰り返しになりますが、加工費の配分基準として材料費を採用していることです。この点は、財務会計上も大いに問題があると考えられます。今川先生がどのように判断するのか、私にはわかりません。ただ……」

「ただ……？」

「ただ、仮に私がジェピーの監査報告書にサインする立場にあった場合、この会計処理だけで不適正意見にはしないと思います」

（なんだって！　こんなインチキな決算書でも不適正意見になるとは限らないだと。とんでもない話だ）

不愉快な気分がこみあげてきた達也は、思わず西郷に詰め寄った。

「西郷先生。僕にはさっぱりわからない。なぜ、あなたはそんな曖昧な態度をとり続けるのですか？」

「曖昧？　とんでもありません。監査意見は監査結果を総合的に判断して決めるのです」

「待ってください。あなたは逃げている。今川先生をかばうために、そして自分の責任を回避するために。違いますか？」

達也の剣幕をかわすように、西郷は鉛筆を静かに机に置き、首を左右に振った。

「団さん。この会計処理は利益操作を意図して行われたのだと思います。しかし、この結果捻出した利益はいくらだと思いますか？　私の試算ではたかだか800万円です」

（800万円でも不正は不正ではないか！）

ついに達也は我慢できなくなって声を張り上げた。

「じゃあ、循環取引はどうなんですか！」

すると西郷は「あの取引ですね」と、落ち着いた調子で話を始めた。

「循環取引は売り上げと売上原価が膨らんでいるだけで、この粗利益も800万円ほどしか水増しされていないんです」

達也にも少しずつ理解できてきた。西郷会計士は利益の水増しを警戒しているのだ。ところが、どちらも大した水増し額ではない。そうか……。

「じゃあ、やっぱり適正意見というのは変わらないのですね」

達也が落胆して言うと、西郷は笑って答えた。

「不適正意見を望む経理課長なんて、あなたが初めてですよ」

（まだとっておきがある）

達也はあきらめずに質問を続けた。

「玉川梱包から確認状は戻ってきましたか？」

すると西郷は監査調書のファイルから、玉川梱包の社判が押された確認状を取り出して達也に見せた。

そこには赤鉛筆で大きくCと書かれていた。コンファームという意味だ。

「確認状を見る限り、何ら問題はないようですね。ジェピーの買掛金と玉川梱包の売掛金は一致していますし、買掛金の取引明細も書かれています。請求書と付き合わせてみたのですが一致していました」

（そうか、俺が不正を暴いたあと「玉川梱包」に直接支払うようにしたんだな……）

だから確認状には、何ら異常点は表れてこないのだ。

「問題はなかったということですね……」

達也は肩を落とした。すると、西郷が思いもかけない質問を投げかけた。


「玉川」と「王川」


「団さん。オウカワ梱包について何かご存じですか？」

「オウカワって……」

達也がとぼけて聞き直すと、西郷は鉛筆で大きく「王川梱包」と書いた。

「御社と取引のあるのは玉川梱包。玉川と王川、似てますよね」

「たしかに。でも、それが何か？」

「監査の手続きには、2つのアプローチがあるんです。確認状は典型的な残高アプローチなのですが、特に問題はなかった。もう1つの取引アプローチを行ったとき、このオウカワ梱包が見つかりました」

西郷の説明はこうだった。

3月の仕入金額が2月以前と比べて、一割程度減少していた。そこで、2月と3月の仕入記録と、その裏付けとなる仕入発注書、納品書、材料受払簿、請求書、支払代金の振込記録といった証憑書類とチェックしてみた。すると、いくつか腑に落ちない点が見つかったというのだ。

「1つは、2月と3月では玉川梱包の請求書のフォームが少し違うのです」

といって、西郷は2枚の請求書を達也に見せた。

「どこが違うのですか？」

達也には全く同じように見えた。

「ここですよ」

西郷は請求書の欄外に書かれた会社ホームページのURLを指さした。

「よく見てください。3月の請求書は〝…tamakawa.co.jp〟ですが、2月までは〝…tamagawa.co.jp〟になってます。そこで、事務所に戻ってから、パソコンにこのURLを入力して確かめてみました。正しい社名はtamakawaでした。ところが3月以外の請求書はすべてtamagawaです。それからもう1つ。2月以前は、玉川梱包に振り込むはずの代金が、王川梱包なる会社に振り込まれていました」

達也は後頭部をガツンと殴られたようなショックを覚えた。玉川をtamakawaと読むなど、全く気づいていなかったからだ。ずっとtamagawaと読むと思い込んでいた。

「振込先は王川梱包なのに、補助元帳では玉川梱包の買掛金が減少しています。しかも、残高確認では全く問題はなかった。どう考えても変です」

西郷の推理は核心に迫った。

「おそらくこういうことでしょう。ジェピーと玉川梱包の間に王川《おうかわ》梱包が存在している。ジェピーの経理部の誰かが、玉川梱包から請求書を受け取ると、金額を水増しした全く同じフォームの請求書を偽造する。そして、水増しした仕入代金を王川《おうかわ》梱包の口座に振り込む。王川《おうかわ》梱包では、代金の一部を抜き取って正規の代金を玉川梱包に振り込む。これは紛れもない横領ですね」

（すごい……）

達也は脱帽した。西郷は、つい見過ごしがちな小さな相違点を巧みに見つけ出し、井上たちの不正を見事に暴いて見せたのだ。

「おっしゃる通りです。この不正、つい最近社内で発覚したんです」

「やはりそうでしたか」

西郷がうなずいた。

「実は、この不正は私が見つけたのですが、その途端に豊橋へ飛ばされました。その後、首謀者とされた購買部長が子会社に飛ばされただけで、それで幕引きされました」

「そうでしたか。でも、この手の不正は1人ではできませんよね」

西郷は尋ねた。

「西郷さん。誰が共犯者だと思いますか？」

達也は間髪を入れずに質問した。

「支払担当者の沢口萌さんでしょう。玉川梱包の請求代金を王川《おうかわ》梱包に振り込んでいたのですから、気づかないはずはありませんよね。しかも、請求書を最初に受け取るのは経理部ですから」

西郷はそう言った。

「えっ、沢口萌があやしいということですか？」

達也は、おおげさに驚いてみせた。

「支払い担当は沢口さんしかいないのですから間違いない、と私は思います」

西郷は達也の目を見て、たて続けにこう言った。

「これだけじゃないんです。支払い担当者が関与していると推定せざるを得ない不透明なお金の流れが、他にもあるんですよ」

(何だって……)

達也は西郷が口にした予想もしなかった事実に、言葉を失った。

西郷は言った。

「経理部では毎月50万円ほど切手と印紙を購入しています。毎月ですよ。多すぎると思いませんか。現物は支払い担当者の沢口さんが管理しています。しかし、これらを買ったときに、通信費とか租税公課といった費用にしていますから、どれだけ使って、今どれだけ残っているのかはわかりません。経理部の田中さんに聞きましたら、郵送物は郵便局で発送手続きをしているそうです。切手も印紙も金券ショップに持ち込めばすぐに換金してくれます。たとえば、彼女が10万円の印紙を本に挟んで持ち出しても、誰にもわかりません」

切手や印紙は購入時にいったん「貯蔵品」として計上し、それを実際に使用したときに費用にすべきだ、と西郷は言った。にもかかわらず、高額の印紙や購入する必要のない切手を、買ったときの費用としているのは、裏金を捻出するためかもしれない、と付け加えた。

「もうひとつ確認したいことがあります。旅費の仮払い精算もその沢口さんの担当ですか？」

西郷が聞いた。

「ええ、沢口ですが……」

「なるほど。未精算の出張旅費申請書を見せていただけませんか。それから、沢口さんの直筆のメモがあればそれも見せてほしいのですが」

（萌は、俺の知らないところで他にも不正を働いていたのか……）

達也は「わかりました」と言って会議室を出た。

しばらくして達也は書類を抱えて戻ってきた。

「これが未精算の出張旅費申請書と沢口が僕に残したメモです」

「ああ、この店は元麻布の有名なフレンチレストランですね。東京にいた頃、一度行ったことがあります。なかなかうまいところです」

西郷は萌の手書きのメモを見て言った。入社して間もなく、達也が萌にどこかいいレストランがないかと聞いたとき、萌が店の名前をメモ用紙に書いてくれたのを思い出した。幸い、そのメモがまだ達也の手帳に挟んだまま残っていたのだ。

西郷は早速その手書きのメモをテーブルに置き、未精算の出張申請書のファイル1枚1枚と見比べた。ものの10分もしないうちに5枚の申請書に付箋が貼られた。

「思った通りですよ。3月末に未精算の出張旅費が200万円もあったのですが、今でも精算されていません」

そう言って付箋のついた申請書を達也に見せた。

「筆跡が一致している……」

(何てことだ……)

達也は言葉が出ないほどの衝撃を受けた。沢口萌は旅費申請書を偽造して、会社の現金を流用していたのだ。

萌は玉川梱包の仕入代金だけでなく、切手と印紙の簿外処理、そして旅費の仮払いを使って、会社の現金を着服していたということになる。

（何て大胆不敵な女だ！）

急に怒りが込み上げ、達也は握り拳をテーブルにたたきつけた。

そのとき、ドアをノックする音がした。

沢口萌が入ってきた。

彼女は西郷と達也のいる部屋にいい香りのするコーヒーを運んできて、2人の前にカップを置くと、あたりをすっと見回し、黙礼して部屋を出ていった。

それから間もなく、斑目が血相を変えて部屋に飛び込んできたかと思うと、達也を大声で怒鳴りつけた。

「団。すぐ自分の席へ戻れ。監査の立ち会いは俺がやる」

斑目の声は、なぜか震えていた。そんな斑目に達也は言った。

「部長。西郷先生はお見通しですよ」

「なんだ、そのお見通しって……」

一転して不安げな表情を浮かべ、斑目が聞いた。

「すべてです。それに、沢口さんのことも……」

「何だと！　お前、沢口を疑っているのか」

斑目は目をむいて達也をにらみつけた。すると、達也は何食わぬ顔で聞き返した。

「部長が沢口さんを使って会社の金を着服したのですか?」

「俺が横領したと? 失敬な男だ」

斑目は顔を真っ赤にして激怒した。

(こいつは本当に何も知らないのかもしれない……)

斑目のあまりの激昂ぶりを見て、達也にはそんな思いがよぎった。

「あ、先生。先生のいる前で大声を張り上げるなんてお恥ずかしい限りです」

斑目はわれに返って、西郷にぺこりと頭を下げた。

「ところで監査報告書は、いついただけますか?」

斑目は不自然にへりくだって西郷にたずねた。

「作業は今日4月末で終わります。あとは事務所で調書をまとめて、来週、今川先生に報告します。その後、別の会計士の審査を受けて監査意見が固まります。ですから監査報告書をお持ちできるのは5月15日頃ですね」

斑目は手帳を取り出して株主総会までのスケジュールを確認した。

「取締役会が5月23日ですから、監査役の監査を1週間としても十分間に合いますね」

斑目は言い終わると、品のない笑みを浮かべて西郷に聞いた。

「適正意見をいただけるのでしょうね」

「何とも申し上げられません」

西郷は毅然と答えた。

「でないとしたら、不適正意見という意味でしょうか？」

「監査意見がどうなるかは申し上げられません。それぱっかりは今川先生の判断ですから……」

西郷がこう言うと、斑目はしつこく食い下がった。

「うちの会社は、5年以内に株式公開を考えているのです。だから、適正意見でなくては株式公開のスケジュールが狂ってしまう」

（さんざん不正経理をしておいて、なんて奴だ）

斑目を横目で見ながら、達也は不愉快になった。

西郷は鞄に調書をしまうと、A4の用紙に書いたメモを斑目に渡した。

「団課長にはお話ししてありますが、今回の監査で見つかった項目です」

斑目は厳しい表情で、そのメモを読んだ。

「さっきお前が『先生はお見通しだ』と言ったのは、このことか？」

斑目は達也に言った。

達也は黙ったまま頷いた。すると、斑目はニヤリとして西郷に向かって言った。

「全くご指摘の通りです。早急に検討させていただきます。ただ、この内容ですと、監査意見は私どもの望み通りになりそうですな」

すると、西郷は、否定も肯定もせず、苦笑いを浮かべて言葉を返した。

「さあ、どうでしょうか……」

（適正意見……？　どうなっているんだ……）

そんな2人のやりとりを見て、達也は不安な気持ちに襲われた。

西郷が帰ると、達也は缶コーヒーを買いに自動販売機の置いてある給湯室へ向かった。

「課長」

うしろから真理の声がした。

「今晩、お時間ありますか？」

真理のただならぬ表情を見て、何か伝えたいことがあるに違いない、と達也は直感した。

「わかった。じゃあ7時に根津で……」

達也は缶コーヒーを取り出すと、何事もなかったように部屋を出た。

真理の着眼点

「いらっしゃい。真理ちゃん、団さん、いらしたよ」

のれんをくぐって入店した達也を見て、寿司屋の親父は真理に声をかけた。

「まずビールを1杯」

と言って、達也はカウンターの真理の隣の席に腰を下ろした。真理は達也のコップにビールを注いだ。

「監査、大変だったわね」

「斑目のやつ、何を考えているのかさっぱりわからん」

「どういうこと？」

「これで適正意見をいただけますねって、喜んでいるんだ」

「で、会計士の西郷さんは？」

「1週間ですべての不正を見破った。しかも、俺たちが知らなかった不正もね。すごい会計士だよ。でも、何か釈然としないんだ……」

達也はビールを口の中に流し込んだ。

「どういうこと？」

真理は達也がなぜ憮然とした表情でいるのかがわからなかった。

「西郷先生は、監査意見について何も言わないんだ」

「それはそうよ。まだ監査が終わったわけではないし、監査報告書のサインは今川先生でしょ」

真理の言う通りだ。

「適正意見なんてあり得ないよ」

わかっていても、達也は不愉快でたまらない、といった表情で立て続けにビールを飲み干した。そんな達也に向かって、真理はニコリと微笑んで言った。

「今日はね、おもしろい情報を2つ持ってきたの」

それは達也がそれまで見たことのない、いたずらっぽい笑顔だった。

「実はね、愛知工場の木内課長から斑目部長に送られてきたメールを見ちゃったの……」

「え、斑目に木内さんからのメール?」

いったいどういうことだ。なぜあの2人がメールを?

「斑目部長がね、以前木内課長と私に同時に送ったメールを返信に使ったらしいの。私のアドレスが残ったまま、今度は木内課長が斑目部長への返信に使っちゃったみたい。だから自動的に私にも送られてきたわけね」

「どんな内容なの？　もったいぶらないで、教えてほしいな」

すると、真理は茶目っ気たっぷりに「じゃあ教えてあげる」と言って、そのメールを印刷したA4の紙を達也に見せた。達也は食い入るように何度も読み返した。達也の神経がたかぶったのか、みるみる顔が真っ赤になった。

「木内のやつ、斑目と、グルだったんだ」

「間違いなさそうね」

真理は空になった達也のコップにビールを注いだ。木内は斑目に、毎日のように三沢工場長の動向を報告していたのだ。

達也は、そのメールの1行に釘付けになった。

〈……工場長は今日も早百合さんに電話をしていました……〉

三沢工場長はふみの娘である早百合と連絡を取っていた。その様子を、三沢工場長の腹心の部下であるはずの木内は、こっそり斑目に報告していたのだ。

「悪い男とは思えなかったが……」

達也の口からため息が出た。

「木内さんは悪い人ではないと思うわ。でも、伏魔殿で生き抜くためには、仕方がなかったのね」

真理はいつになく大人びた口調で言った。長いものに巻かれ、大樹に寄りかかる。だからといって、そんな木内を責めるわけにはいかない。サラリーマンとして家族を養っていくためには仕方がない。そう言って、真理は木内に同情すら感じている。

(真理は俺より苦労してるな……)

こうして真理にしみじみと諭されなければ、豊橋に飛んで行って、木内を責めたてていたかもしれない。達也は真理の言葉を聞いて、初めて木内の立場に思いを馳せた。

かといって、木内の裏切りとも言える行動を認めたわけではなかった。

(俺は木内とは違う)

達也はこう思うことで、自分の気持ちを落ち着かせた。

「真理ちゃん。それっていつのメールなの?」

「今日よ」

「4月半ばじゃないの?」

達也は三沢が早百合にかけたその電話のことを、4月14日、三沢工場長が早百合と一緒に、伊豆高原にある宇佐見の別荘に行ったときのお礼のことだと早合点していた。そう考えてみれば、お礼の電話を今頃するわけがない。明らかにおかしい。

「メールが送られてきたのは今日の午後1時頃よ」

「ついさっきの話じゃないか。ということは、何か特別なことが起きて、三沢さんか早百合さんのどちらかが電話を掛けたということか……」

「私もそう思うわ」

もしそうだとしたら……、と達也は考えた。ふみさんの健康のことか？

「ふみさんは寝たきりでしょ。体調が急変したのかしら？」

達也は腕を組んで考え込んだ。すると、真理が「ここを読んで」と言って、メールの最後の行を指さした。

〈返品は6月1日に決まりました……〉

それは斑目と木内だけが知っている暗号のような1行だった。

「返品って、何が戻ってくるんだ……」

2人は考え込んだ。

「そうだ！」

達也は重要なことに気づいた。それはワールドワイド電機（ＷＷＥ）に対する2回の出荷のことだった。なぜ、2度に分けて出荷したのか、ずっと腑に落ちなかったのだ。確かに、決算棚卸前日の2度目の出荷は全く問題がなかった。

しかし、最初の出荷はジェピーの運転手が、自社のトラックで製品を運び出した。2度目は運送会社のトラックを利用した。西郷はカットオフ手続きで、2度目の出荷記録に問題ないことを確認した。

(そうだったのか)

疑問が氷解した。WWEへの出荷を2度に分けたのは、巧妙なワナだったのだ。そして2度目の出荷が決算期末ギリギリに行われたのは、カットオフ手続きの対象にするよう斑目と石川が仕組んだのだ。これで西郷はWWEに対する出荷のすべてに問題はない、と判断してしまった。だから最初の出荷はノーチェックだった。つまり、最初の出荷が怪しいということになる。このとき、製品はジェピーの従業員が運転する自社トラックで運び出されている。仕向先をごまかすためにそうしたに違いない。しかも、WWEとの契約で、売上代金が振り込まれるのは、検収後2カ月後となっているから、2度の売上代金とも、監査期間中には代金は振り込まれない。斑目はその盲点を突いたのだ。

これは、あの西郷すら見逃した致命的なミスかもしれない。

達也は、これからの決算日程を頭に浮かべてみた。監査報告書は5月15日に提出されることになっている。取締役会が決算書を承認する日は5月23日。そして返品は6月1日だ。仮に、その返品が監査意見に決定的な影響を及ぼすほど重要であったとしたら……。

「間違いない。最初の出荷は、偽装売上だったんだ！」

達也はそう言うと、ポケットから携帯を取り出し、その場で西郷に電話をかけた。

数日後の金曜日、真理は資金繰り予定表の作成が遅れているからと、斑目に残業の許可を申請した。会計監査が一段落したからか、斑目は「あまり遅くなるなよ」と、上機嫌で会社を後にした。

一方、萌は明らかに真理を警戒していた。その証拠に、普段の金曜日は6時には帰宅するのに、この日は7時まで机に向かっていた。だが、約束があるとみえてしぶしぶ会社を後にした。真理は経理部員が一人残らず帰宅するのを待った。

そして8時。同じフロアの営業部員が数人だけになった。真理はコンピュータを立ち上げて、部門費の月次推移表を開いた。まだ4月分しか入力されていなかったが、明らかに雑費の金額が目立った。真理は雑費勘定をクリックした。すると数百円、数千円単位の費用に混じって50万円の費用が計上されていた。摘要には石渡倉庫と書かれていた。真理は、4月分の請求書のファイルをキャビネットから取り出して、その請求書を探した。

(団さんが言ってたのは、これだわ)

請求金額は保管料として50万円、摘要には「貴社製品の荷役・保管料」と書かれていた。

株式会社石渡倉庫の住所は静岡県湖西市だ。おそらく愛知県豊橋市からそれほど離れた場所ではないだろう。真理は、その請求書のコピーをとってカバンにしまった。

真理は雑費の中に、もうひとつ見過ごせない支払いが紛れ込んでいるのを見つけた。

〈井上啓二氏支払手数料10万円〉

井上啓二とは、あの玉川梱包の支払代金着服で間中から解雇を告げられた井上購買部長だ。その井上は間中に解雇を宣告されたあと、どういうわけか子会社のジェピー商事で働いている。

真理が、前期の雑費についても調べてみると、3月にも同様の支払いがあった。

解雇を宣告されたはずの部長が子会社に勤務し続け、しかも、支払手数料として毎月10万円が本人名義の口座に振り込まれている。

井上は解雇されるどころか、余分な金まで毎月手にしている。

真理は震える手で、豊橋へと戻った達也の携帯に電話をかけた。

西郷の気がかり

西郷は監査調書が入った重い革の鞄を抱えて、今川会計事務所の所長室に入った。先週終わった監査結果を報告するためだ。ゴールデンウィークの真最中だが、会計監査の仕事に休みはない。西郷は、革張りの椅子に腰を下ろすと、週末にまとめたレポートを今川武に渡した。

今川は蛍光ペンでラインを引きながら、丁寧にレポートを読んだ。

「よくここまで調べたね」

西郷は黙ってうなずいた。

「それにしても酷いな……」

今川が独り言を言った。西郷は今川がどのような判断を下すのか楽しみだった。これらの多くは、何年も前から、今川の目を逃れて毎年繰り返し行われてきたのだ。今期、不正処理で捻出した架空の利益は1600万円。仮に、決算書の数字を修正すると当期利益は9200万円になる。ジェピーの今期の売上高は100億円、総資産は

110億円だ。今川はこの1600万円の架空利益をどのように判断するのだろうか。

「ここに書いてある循環取引で、売上高はいくら嵩上げされたんだね」

今川が聞いた。

「約4億円です」

「仕掛品の過大計上は」

「800万円です」と西郷が答えた。

「そんなものか。それに架空利益は1600万円だったね。たいした金額ではないな」

「適正意見ですか?」

西郷が尋ねると、「この程度で限定付き意見や不適正意見にはできないだろう」と付け加えた。

しかし、西郷は、今川の表情が険しくなっているのを見過ごさなかった。

「大変僭越であるとは承知のうえで、私の考えを申し上げていいでしょうか」

「君の意見も参考にしなくてはね」

と言って、今川は蛍光ペンを置いた。

「売上高100億円の会社からすれば1600万円は微々たる金額です。しかし、彼らがしていることは悪質です。明らかに利益操作を意図した不正経理です。それに、着服まで行われています。今のところ犯人は特定されてはいませんが、経営幹部が絡んでいる可能性は大きいようです」

「君はそんな理由で、不適正意見にすべきと、言いたいのかな」

「その通りです」

西郷は力強く言った。

「仮に不適正意見を出せば、ジェピーの信用はがた落ちだろう。あの資金繰りの状態では、下手をしたら倒産するかもしれない。それでも君は不適正意見にすべきというのかね」

「……」

「会社のことを考えたら、ここは適正意見しかないと思うがね」

耳を澄ませて聞いていた西郷が、身を乗り出して反論した。

「お言葉ですが、先生は会社ではなく経営者のこと、それから監査契約のことだけを考えているのではないでしょうか。私は、不適正意見、百歩譲っても限定付き意見にして、問題の所在を表に出すべきだと思います」

そのとき、今川の携帯電話が鳴った。今川は発信先を確認すると「西郷君。斑目さんからだ」といって、斑目と電話越しに話し始めた。今川は、電話を耳にあてたまま何度もうなずき、時折メモをとった。

そして、最後にほっとした表情で「そうしていただけますか」と言って、電話を切った。

「君が見つけた不正はすべて修正すると言っていたよ」

「本当ですか？」

「彼らもまずいと思ったんだろう」

「……」

西郷は黙ったまま何も答えなかった。

「明日修正済みの決算書を送るからチェックしてほしいとのことだ。よろしく頼むよ」

自分の主張がジェピーの経営幹部に通じたのだろうか。西郷はしっくりこなかった。

（何かある）

あんな手の込んだ不正を仕込んだ連中があっさり認めるなんて、考えられないのだ。

そのとき、西郷は昨日達也からかかってきた電話での会話を思い出した。

達也は西郷に、できる限り早いタイミングで会って話がしたいこと、そして、監査報告書の提出を少し遅らせてほしい旨を伝えた。現場での監査は終わっているし、なぜそんなに急いで会いたがっているのか、その理由については語らなかった。しかも、監査報告書の提出期日を遅らせてほしいというのだ。もしかして、斑目が決算修正に応じたことと関係しているのかもしれない、と西郷は思った。

「西郷君、聞いているか」

今川が大きな声で西郷の名前を呼んだ。

「斑目さんは、君が指摘したことをすべて修正すると言ってきたんだ」

西郷は今川に尋ねた。

「なぜジェピーは修正に応じたのでしょうね？」

「何を言いたいんだね。ジェピーは、君が指摘したことをすべて無条件で受け入れたんだ。斑目さんは『ご迷惑をおかけした』と言って謝っていたぞ。君は、それでも納得しないのか……」

今川はあきれ顔で言った。

「6月2日まで監査報告書を待っていただけませんか」

「それまで伸ばせない。一体君は何を言いたいんだね」

「それは……」

西郷は口ごもった。

「もういいね。適正意見だ」

今川は、苦虫をかみつぶしたような顔で、これが最終判断であることを西郷に伝えた。

ふみの策略

「早百合さん？」

ふみはベッドに横たわったまま、元気のない声で娘に声をかけた。早百合が伊豆高原で宇佐見に会った翌日の4月15日、ふみは入院先の病室で倒れたのだ。集中治療室に運ばれ、4月22日、1週間ぶりに一般病棟に移されたのだった。

「お母さん、目が覚めたのね」

早百合はふみの手を握りしめて言った。

「ゆっくり眠れたせいか、とてもいい気持ち」

ふみは笑顔を見せた。しかし、それもつかの間、ふみの顔は瞬く間に生気を失った。

「もう私も長くはないわね、でも、今死ぬわけにはいかない」

ふみの目から涙がこぼれ落ちた。

「お兄さんのことね」

「益男さえしっかりしていればね……」

ふみは深いため息をついた。すると、早百合が「違うわ」と言って言葉を遮った。

「すべて隆三さんのせいよ。あの人が会社に入ってからすべてがおかしくなった……」

早百合は間中隆三を嫌っていた。そして、すべての権限を持つはずの社長の益男が、どうして専務の隆三にないがしろにされているのに反発しないのか、不思議でならなかった。

「宇佐見先生は、お元気だった?」

ふみは目を閉じたまま伊豆での様子を聞いた。

「まだ右手で湯飲みがつかめないの。それにろれつもちょっと回っていなかったわ」

「そう……」

ふみは閉じていた目を開いて天井を見つめた。

「でも、さすがに、頭はしっかりしてらした」

ふみは笑みを浮かべて、楽しかった思い出を話した。

「昔はね。宇佐見先生に質問すると、すぐにこうしなさいって指示してくれたのよ。お父さまは、先生の言うとおりに実行したわ。すると、すべてがうまくいってね……」

ふみの話を聞きながら、早百合はジェピーをどうすればいいのか、考えていた。益男は間中に懐柔されている。ふみが頼りにしている宇佐見は、もはやジェピーに影響力はない。

だが、病弱といえども会社のオーナーは母親のふみだ。議決権株式の過半数を持っているから、間中を取締役から下ろすこともできる。株式は兄が相続することになるのだから、ジェピーが人手に渡ることはあり得ない。何も心配することはない。

ただ……。気になることが1つある。別荘で会った日、宇佐見は「間中を侮ってはならない」と言っていた。どういう意味なのだろう。もしかして、間中はジェピーを乗っ取るための罠を張り巡らせているのだろうか。あのとき、宇佐見は「ジェピーを救えるのは達也しかいない」とも言っていた。団達也。どんな若者なのだろう。

ふみを見つめながら、早百合は先日、宇佐見と交わした約束を思い浮かべた。

話は伊豆高原の宇佐見の別荘から戻った翌日の4月15日にさかのぼる。早百合は病院から、母が倒れた、と連絡を受けた。病院に駆け込むと、主治医は早百合にこう伝えた。

「命に別状はありません。けれども、この二、三日は安静が必要です」

もし、大株主のふみが亡くなればジェピーは間違いなく混乱する。間中がどんな行動に出るか想像もできない。とりあえず最悪の事態は回避された。けれども、このあとどうすればいいのだろう。どうすれば、ジェピーを救うことができるのだろう。母の病状も決して楽観できる状態ではない。早百合は前日会ったばかりの宇佐見に電話をした。こんなとき、やはり頼りになるのは宇佐見しかいない。

「そうか……。ふみさんが倒れたのか……」

「ええ、主治医の先生の話だと、命に別状はない、ということですが……」

早百合がそう伝えると、しばらく電話の向こうで黙っていた宇佐見が聞き取りにくい声でこう言った。

「益男君と間中専務と三沢君に、ふみさんが倒れてここ数日がヤマ場だと伝えなさい」

え、なぜ? 倒れたとはいえ、母親は危篤ではない。「命に別状はない」と主治医ははっきり言ったのだ。なのになぜ、宇佐見先生はこんな指示を出すのだろうか。早百合には理解できなかった。とまどう早百合に宇佐見はさらに付け加えた。

「あ、それから、絶対安静、ということで、誰もふみさんに会わせてはいけない」

「え、兄も、ですか」

「そうだ。そこが肝心のところだから」

「三沢さんにも、同じように『危篤』と伝えるんですね」

早百合が聞き返すと、「念のためだ」と宇佐見は答えた。

電話を切ろうとしたとき、どういうわけか宇佐見は「ふみさんが入院している病院と主治医の名前を教えなさい」と早百合に聞いた。早百合は宇佐見が何を考えているのか見当もつかなかったが、言われるがままに病院と主治医の名を、宇佐見に伝えた。

「お母さん。お母さんが倒れたあと宇佐見先生に電話をしたら、『ふみさんは危篤だと、お兄さんと隆三さんと三沢さんに伝えなさい』と言われたわ」

早百合は合点がいかないながらも、ふみに宇佐見との約束を伝えた。

すると、ふみは「宇佐見さんらしいわね」と言って微笑み、「益男にもいい薬になるわ」とつぶやいた。どうやら、ふみには宇佐見の考えがすぐにわかったようだ。いったい何を考えているのかしら。早百合はひとり首をひねって、ふと思い出したようにふみに聞いた。

「お母さん、団達也さんって知ってる？」

「団さん？」

「宇佐見先生の愛弟子で、今ジェピーの経理課長をしてる人よ」

「いえ、知らないけれど、その人がどうかしたの？」

「先生が『ふみさんの、ジェピーの希望を叶えられるのは、あいつしかいない』っておっしゃったの」

「……」

「三沢さんも、団さんを好青年だって絶賛してたわ。でも、団さん、まだ入社して間もないのに、間中さんと斑目さんに警戒されて東京本社から豊橋の愛知工場に飛ばされたらしいの」

「そうなの……」

ふみは、達也が会社でどのような立場に置かれているのかすぐに理解した。間中や斑目といった策略家が、切れ者の正義漢を嫌うのは当然である。

ふみは早百合に言った。

「ねえ。私、団達也さんに会ってみようかしら?」

「宇佐見先生は、誰にも会うなって……」

思うのよ。宇佐見先生の愛弟子ならば、むしろ、その団さんだけにはお会いしたほうがいいと思うのよ。宇佐見先生にはその旨、連絡を入れておいてちょうだい」

「わかったわ。今、団さん、愛知工場の三沢さんの下で働いていらっしゃるそうだから、彼に連絡先をそれとなく聞いておくわ」

スイートルームとシャトー・ラトゥール

「吉報が届いたよ。叔母は集中治療室に移ったらしい。あともって2週間ぐらいだそうだ」

痩せた男はシャトー・ラトゥールのコルクを抜きながら若い女に話しかけた。

「あの会社は私たちのものね」

「そうさ。俺たちのものになる」

と言って、男はふっくらとしたワイングラスにラトゥールを音を立てて注いだ。

「新しい会計士も頑張っているようだな」

「とっても手強いのよ。前のじいさんとは違うわ。斑目も一日中おろおろしてたわ」

「あの男は気が小さいからな。で、団の動きはどうだ」

「それが会議室にこもりっぱなしだったの」

「バレたのか……」

「わたしコーヒーを持って2人の様子を探りに行ったの。そしたら、案の定……」

「あいつ、決算操作のことを会計士にバラしたのか……」

「そう思うわ。で、斑目に言ったら、血相を変えて会議室へ飛びこんでいった……。でも、バレても大丈夫なんでしょ」

「不正経理や俺たちの着服が見つかっても、どうってことはない。俺が保証する」

男は落ち着き払ってビロード色の赤い液体を飲み干した。

「団も、あの会計士も俺が仕込んだ〝目くらまし〟を見つけて、有頂天になっているだけだ。浅はかな奴らさ」

女はその男のほうに寄りかかって甘えた声で言った。

「わたしもあなたの言いなりに動いている……」

「お前は、俺の大切なパートナーだ」

男は女の肩を抱いた。

「あのお金。半分は私のものでしょ」

「玉川梱包の裏金のことか。いくらになった？」

「1億円くらいかしら」

「そうか。株主総会が終わったら引き出していい……」

男が言い終わると、女はほっとした表情を浮かべた。

「斑目には小遣いを渡しているのだろうな？」

「毎月10万円の印紙を机の引き出しに入れているわ。あの人ったら、印紙を確認すると、今日も萌ちゃんありがとう、って大きな声で言うの。でも、誰もその意味がわかっていないの……」

沢口萌は不敵な笑みを口元に浮かべた。

「井上はどうしてる」

間中が冷ややかに聞いた。

「ジェピー商事に移ってから、あなたの指示通り、彼の口座に10万円振り込んでいるわ」

「団から玉川梱包の話が出たとき、井上のやつ、青天の霹靂って顔してたからな。でも、給与も上がったことだし、あいつも満足してるはずだ」

購買部長だった井上は、実のところ、間中から「配偶者の名義を貸してほしい」と言われて、そうしただけだったのだ。ところが、何も知らされずに細君の名義は不正取引に使われ、その罪を一人負わされてしまった。間中は、井上を子会社であるジェピー商事の購買部長として転籍させて、口止め料として毎月10万円を振り込むことで納得させたのだった。

「このラトゥール2000年物でしょ。さすがグレートヴィンテージね」

萌は、満足げに空になったグラスをテーブルに置いた。間中はそのグラスにワインを注ぎながら言った。

「株主総会が終わったら、ニースでもっと美味しいワインを飲もうか」

間中は萌の体をきつく引き寄せた。

工場にて

「団君。ごくろうさま」

三沢は2週間ぶりに東京から戻ってきた達也をねぎらったあと、すぐに真顔になった。

「あれからふみさんが病院で倒れたようだ。早百合さんから電話があった。今は集中治療室に入っているそうだ」

「危ないのですか?」

「意識はあるが、やはり心臓が相当弱っているらしい。あ、それから、君に会いたがっているとも言っていた」

「僕に、ですか? そんなに具合が悪いのに……。そのことを専務は知ってるんでしょうね?」

達也は間中の動きが気になった。

「社長と専務だけには病状を伝えたと言っていた。早百合さんには、ほかの方には内密にしてほしい、とお願いされたよ。もっとも、この会社は伏魔殿だからね。あっという間に話は広がってしまう」

三沢は皮肉っぽく言った。

「ということは、この会社でふみさんの病状を知っているのは、僕を入れて今のところ社内で4人ということでしょうか?」

達也が確かめると三沢は大きくうなずいた。

「ところで、西郷先生はすべての不正経理を見抜いたらしいね」

「工場長もご存じでしたか？」

「君を監査に立ち会わせたのは、正解だったようだ」

三沢は嬉しそうな顔で笑った。

「たしかに西郷先生は凄腕の会計士です。しかし、この会社の数字の魔術師は彼の上を行っている、と僕は思います」

「どういう意味かね。教えてくれないか？」

三沢は不安そうな顔になった。

「西郷先生が見つけた不正のすべてが、目くらましの可能性があるんです」

石渡倉庫の秘密

5月末午前10時、東海道新幹線ひかりが浜松駅に停車した。2号車から大きな鞄を持った若い女性が降りて、改札に向かった。

「真理ちゃん！」

大柄の青年が改札口を出てきた女性に声をかけた。

「団さんと一緒に会社を休むのはこれで2度目ね」

と言って、真理は嬉しそうな笑顔を浮かべた。

２人は駐車場に向かい、達也が借りたレンタカーに乗って湖西市にある営業倉庫に向かった。

「今日は西郷先生も合流することになっているんだ」

「どうして西郷先生が来るの？」

真理はその理由がよくわからなかった。もう監査は終わっている。

達也が運転する車は、国道1号線に面したコンビニの駐車場で止まった。すると駐車中の小型乗用車の窓が開いて、運転席の男が達也に声をかけた。西郷だった。

「私についてきてください」

２台の車は、再び国道1号線を名古屋方面に進んだ。1時間ほど走ったところに、その会社はあった。門には「石渡倉庫株式会社」と書かれていた。達也は守衛にジェピー愛知工場の副工場長であることを伝えて、名刺を渡した。

ものの数分のうちに、業務部の鈴木真一と名乗る男がやってきて、３人を倉庫に案内した。

「これが御社からの預かり品です」

鈴木は山のように積み上げられた段ボール箱を指さして言った。その箱にはジェピーのロゴが印刷されていた。

達也は、カバンから「25日WWE向け」と印字された出荷伝票のコピーを取り出した。そこに記載された製品名と数量が、倉庫に積み上げられた段ボール箱に書かれた製品の品名とロット番号と一致するかを確かめるためだ。

「間違いありませんね」

達也がいった。

今度は真理が、昨夜コピーした50万円の保管料請求書を鈴木に見せた。

「この請求書は、ここにある製品の保管料ですか？」

鈴木は請求書を見るとすぐに答えた。

「ここだけではありません。あっちの倉庫の製品もそうです」

鈴木は3人を別棟の倉庫に案内した。

「3月の下旬に、石川部長が直々に見えて、会社の倉庫が満杯だから2カ月間ほど預かってほしいと頼まれましてね」

やはり、ワールドワイド電機（WWE）には販売されていなかったのだな。

「6月1日に弊社の愛知工場に移動するのですよね？」

と、達也が聞くと、鈴木は出荷予定を確認して言った。

「知らないんですか。昨日も石川部長がお見えになって、倉庫の改修工事だから、もう1カ月預かってくれと急に頼まれたんですよ」

鈴木は胸のポケットにしまった達也の名刺を取り出し「ジェピーさんですよね」と、怪訝な顔で念を押した。

3人は石渡倉庫を後にすると、近くの太平洋の高波が打ち寄せる潮見坂海岸に車を止めた。ここならどんなことを話しても、他人に聞かれることはない。

「団さん。私の見落としでした」

西郷は潔く自分のミスを認めた。

「さっきのWWEへの出荷伝票のコピーを見せていただけませんか」

西郷はカバンから分厚い監査調書を取り出して、その出荷伝票と見比べた。

「やられました」

「どういうことですか？」

達也と真理が聞き返した。

「これを見てください」

といって、西郷は監査調書にファイルされたプライスリスト（製品単価表）と請求書を見せた。

「これが3月25日に、WWEへ出荷した製品の請求書控えの明細です。この販売単価とプライスリストを比べてみてください」

不正は明らかだった。請求書の販売単価がプライスリストの倍になっていた。つまり、粗利益が水増しされていたのだ。

「原価1億円の製品を通常は1億5000万円で売るところ、3億円で売ったことになってます。ですから、架空利益はおおよそ2億円ですね」

西郷はがっくりと肩を落とした。ついさっきまでジェピーの業績は目くらましの1600万円を修正しても約1億円の黒字だと考えていた。これなら、監査意見が無限定適正でも仕方がない。会社として銀行にも顔が立つし、株式公開も射程距離に入る。

ところが、実際は約1億円の赤字だったのだ。弁解の余地のない粉飾決算そのものではないか。

「完全にやられました。斑目さんは、数字の魔術師ですね」

西郷がポツリと言った。

「魔術師は彼ではありません。間中専務ですよ」

ジェピーの粉飾の内訳

ジェピーの粉飾の内訳

単位：百万円

	循環取引	仕掛品の過大評価	WWEの架空売上	合計
売上高	444	0	300	744
売上原価	436	-8	100	528
粗利益	8	8	200	216

3つの粉飾で合計2億円以上の利益を水増し！

達也が黒幕の名を告げた。

「えっ……」

「間中専務が何かを企んでいるんです」

「何を…ですか」

西郷が聞いた。

「乗っ取りですよ」

打ち寄せる高波を見ながら達也が言った。

「6月25日の株主総会で、何かが起きる気がしてしかたありません」

太平洋の高波の咆哮をBGMに、西郷は達也の話に耳を傾けた。うしろでは真理が黙ったまま2人の会話を聞いていた。

最期の願い

6月24日の夕刻。達也は、JR飯田橋駅に降り立っていた。行き先は、ふみの入院している病院である。もう時間がない。明日は、株主総会なのだ。

「こんにちは、団さんですか？」

早百合が達也を病院のロビーで出迎えた。

「ええ、そうです。あの、早百合さん、ですね」

「はい。母が待っています」

受付で見舞いの手続きを済ませ、階上の病室を訪れた達也はびっくりした。

「はじめまして、あなたが団さんね」

そこには、にこやかに微笑む、上品な老婦人がベッドから体を半分起こしていたからである。あれ、集中治療室に入るほどの危ない状態じゃなかったのか？とまどう達也に、「ごめんなさい、耳が遠いのでもっと近くにいらして」とふみは、ベッド脇の椅子をすすめた。

窓からはお堀が見下ろせた。

「いい眺めですね」

「この景色を見ることだけが、私の楽しみなの」

と言ってふみは微笑んだ。

「でもね、団さん。私の楽しみをもうひとつ作ってくださらないかしら」

「もうひとつって？」

「宇佐見先生がね、私の望みをかなえられるのはあなたしかいないって……」

達也は恐縮して頭を下げた。

「オヤジ、が、ですか」

「あら、先生のこと、オヤジってお呼びになるのね」

ふみは笑ってこう言った。

「今日初めてお会いしたけど、私もそう感じたわ。あなたしか、いない」

ふみはベッドの脇に置かれた封筒を達也に渡した。

「これは宇佐見先生に書いた手紙のコピー。私の最後のお願いを聞いてほしい。ジェピーとジェピーで働く人たちを助けて……」

ふみの声が一転して小刻みに震えた。

達也の中で何か熱い感情がわきあがってきた。

「わかりました。できる限りのことをやらせていただきます」。達也は力強く約束した。

「お母さん、もう安心ね」。早百合がふみに声をかけた。

ふみは安堵の表情を浮かべて目を閉じた。

「そろそろ時間だから」

早百合は達也と病室を出た。

「団さん。母も、私もジェピーを自分たちの所有物などとは思ってはいません。もちろん、隆三さんのものでもありません……。ジェピーは働く人たちの会社です」

　この物静かな女性にこれほどの力強い信念が隠れているとは。達也は初対面の早百合の物言いに気圧されるような思いだった。

「わかりました。明日の総会では、思う存分暴れてきます」

　そう言い残して病院をあとにしようとしたそのとき、早百合は達也の背中に声をかけた。

「待って、団さん。お話、もうひとつあるんです。宇佐見先生からの伝言が……」

「なんですって。オヤジが？」

　けっして私に頼るな。そう言った宇佐見のオヤジがなぜ、あえて今、俺に伝言を？

　達也は早百合の話を聞くことにした。

第3章　対決！　株主総会

開始された総会

「これよりジェピー株式会社第30事業年度株主総会を開催します」

6月25日。定刻の午前10時、本社の大会議室で定時株主総会は始まった。

同族会社の株主総会は、形式的で、一種の慰労会に似た雰囲気で終わることが多い。これまでのジェピーのそれも、例外ではなかった。

だが、今回は違っていた。大会議室の空気から、参加者の一人ひとりが、それぞれの思惑を秘めて、総会に臨んでいることがよくわかった。

財部益男はマイクを手に取り、張りのある声で開会を宣言した。取締役席には、間中隆三、斑目淳次、石川智三、そして社外監査役で弁護士の尾崎勝が並び、一方の株主席には、財部早百合、関東ビジネス銀行丸の内支店長丸亀道夫、そして従業員持株会の代表者が座った。

達也は会場の入り口で出席者の表情をつぶさに観察した。丸亀は株主ではないが、間中が特別に出席を要請したのだった。

「最初に、委任状を含めて議決権を行使することができる株主の議決権の過半数を有する株主の出席がありましたので、本定時株主総会は成立したことをご報告申し上げます」
益男が開会を宣言すると、会場から拍手が起きた。
（いよいよだな……）
達也は気を引き締め、壁に張られたアジェンダに目をやった。

第30事業年度定時株主総会

平成23年6月25日（水曜日）
午前10時開催
開催場所　東京都千代田区　当会社本店会議室

報告事項
1　第30期（自平成22年4月1日至平成23年3月31日）事業報告、計算書類および計算書類報告の件
2　会計監査人および監査役の計算書類監査結果報告の件

付議事項

第1号議案　取締役選任の件

第2号議案　会計監査人選任の件

アジェンダを読みながら、達也は徹夜して学んだ会社法を思い浮かべた。

最初に書かれている計算書類は、貸借対照表、損益計算書、株主資本等変動計算書そして個別注記表のことだ。

ジェピーは、定款で監査役と会計監査人と取締役会を設置しているから、計算書類と附属明細書は監査役と会計監査人の監査を受けなくてはならない。その後で、取締役会が承認するのだ（以上会社法436条）。

取締役会で承認された計算書類は、定時株主総会の承認を受けるのが原則だ（会社法438条2項）。

だが、ジェピーのような会計監査人設置会社（公認会計士監査を受ける会社）の場合、一定の要件を満たせば、計算書類は株主総会の承認事項ではなく、報告事項となる。

大雑把に言えば、会計監査報告書が無限定適正意見、つまり、決算書が、会計ルールに準拠して作成されて、それらが適正に表示していると監査人が判断した場合、決算は、株主総会で報告するだけでよいのだ。

(そうか……)

達也は改めて納得した。ジェピーの役員たちは、株主総会をつつがなく終え、近い将来に株式公開を実現するには、何としても無限定適正意見がほしいのだ。

代表取締役社長である益男の報告が続いた。

「本年度は税引き前利益が1億円と不調に終わりました。これも私ども経営陣の努力不足が招いた結果と大いに反省しております。また、公認会計士今川事務所より無限定適正意見をいただきましたことを、併せてご報告させていただきます」

益男は上機嫌で胸を張った。

そのとき突然、会場のドアが開いた。

沢口萌が飛び込んできて、取締役席の間中に紙切れを渡して耳打ちした。間中の表情が明らかに変わった。

それに構わず、益男は続けた。

「引き続きまして、付議事項に移らせていただきます。取締役全員が任期満了いたしましたことを受け、再度全員を選任したいと思います。皆さん御異議ありますか?」

益男はそう言って、会場を見渡した。毎年のことだが、誰も異議を挟む者はいなかった。

ところが。

「異議あり」

手を挙げたのは、間中隆三だった。間中はゆっくりと立ち上がると口を開いた。

「その前に、非常に悲しいご報告があります。つい先ほど当社会長の、財部ふみ様がご逝去されました。ここで哀悼の意を表したいと思います」

会場がざわめいた。一番驚いたのは益男だった。

「え、母が。本当か？」

「たった今、主治医の先生から社長宛てに連絡が入ったそうです」

間中が機械的に答えた。

「び、病院に行かなくては……」

気が動転したのか、益男は椅子にへたり込んだ。親子断絶状態で、危篤と聞いても、会いに行こうとしなかった益男だが、「亡くなった」と聞いたとたん、強いショックを受けたようだ。

「その前に……。益男さん、あなたには、社長を辞めてもらわなくてはなりませんな」

間中が薄笑いを浮かべて益男に言った。

会場が静まりかえった。

「今から、財部ふみ氏が所有していたジェピー社普通株式の全株式1200万株を買い取る決議を行います」

間中は一方的に賛否を問うた。

「可決しました。次に、取締役に間中隆三が留任し、新取締役として沢口萌氏と石川智三氏を選任することについて、採決します……。可決しました」

間中は満面の笑みを浮かべて、1人で審議を進めた。

「専務。あなたは気はたしかですか。社長は私です」

気が抜けたように座りこんでいた益男は、そのままの姿勢で大声を張り上げた。

「たった今、あなたの取締役の任期が満了したではないですか。財部ふみ氏の相続財産であるジェピー株式の売り渡し請求の決議も成立した」

「決議が成立したですって？　専務、あなたは25％しか持っていない。私と母は合わせて70％を所有してるんです」

益男が声を震わせて反論すると、間中はすました顔でこう言った。

「あなたは会社法を勉強していないな」

間中はこう主張した。

ジェピーが発行する株式は譲渡制限株式だ。会社の定款第10条には**「当会社は、相続その他の一般承継により当会社の株式を取得したものに対し、当該株式を当会社に売り渡すことを請求することができる」**と規定されている。

ふみが亡くなったことを受けて、たった今、益男が相続したジェピー株式全株の売り渡し請求決議は可決した。この決議には、相続人である益男は議決権を行使できない(会社法174条、175条)。

「私は発行済み株式の25%を持ってる。財部ふみさんとあなたの株式を除けば、83%だよ。それにね。沢口君が全員から委任状をいただいている。よって、出席株主の議決権の100%の賛成により、この決議は有効に成立した。違うかな」

「そんな身勝手なことは許さない……」

益男の体が小刻みに揺れた。

「身勝手? とんでもない誤解だ。あなたが法律を勉強していないだけの話だ。だが、心配することはない。あなたが相続した株式は、わが社が誠意を持って高値で引き取るよ」

間中の笑い声が響き渡った。

間中は審議を続けた。

「次の議題に移ります。会計監査人を公認会計士、今川武氏から、とよつね監査法人に変更することに、御異議ありませんか。なければ可決します」

（とうとうしっぽを出したな……）

一連のやりとりを聞いていた達也は内心笑みを浮かべると、立ち上がった。

「その決議は無効です」

会場いっぱいに響き渡るような大声でこう言って、達也は議長席に移動した。

「社長。お母様は健在ですよ」

「君、それは本当なのか？」

益男はすがるような表情で達也に聞き返した。

「間違いありません」

達也の眼が鋭く光った。

「沢口、お前はたしかに主治医から聞いたんだな？」

間中が表情を一変させ、萌の腕をつかんで詰問した。

「たしかにそう聞きました。おそらくお年を召した先生だと思います。御自分の名前を告げたあと聞き取りにくい話し方で『財部ふみさんが午前9時にお亡くなりになりました』とおっしゃっていました……」

萌はおびえたような表情で間中を見つめていた。

(聞き取りにくい……? 宇佐見のオヤジだな。なるほど、こういうことか)

達也は思わず吹き出しそうになるのをこらえてこう言った。

「社長。お母様に直接、電話を掛けてみたらいかがですか?」

株主席に座っていた早百合が携帯電話を取り出して番号を押した。

「今代わるわ」

と言って、早百合は携帯電話を益男に渡した。

それから、益男はじっと母親の声に耳を傾けた。

「安心したよ、母さん……」

一言いって、益男は険しい表情のまま、携帯電話を間中に渡した。

携帯を耳に当てた間中の表情が、みるみる青ざめていくのが誰の目にも明らかだった。

「会計監査人の解任と選任につきまして、今川公認会計士から陳述の申し入れがありました」

達也は全員が聞こえるような大きな声で今川を紹介した。ほどなくして、今川が会場に現れて議長席のマイクを取った。

「実は私はいったん無限定適正意見として監査報告書にサインしたのですが、その後、不正が発覚したため、急遽差し替えました。どうやら、みなさまはその事情をご存じないようです」

今川は、最後の最後までの西郷の捨て身の努力を無駄にしなかったのだ。

「その点につきまして補足したいことがあります」

仁王立ちする達也は、会場に響き渡る声で話し始めた。

「たった今、間中専務ならびに沢口萌を会社財産横領の疑いで丸の内警察へ通報しました」

達也は自らのサラリーマン人生をかけ、とどめの一撃を放った。

「何を馬鹿なっ！」

間中は叫んで達也を睨んだ。

「僕はあなたの魔術にはかからなかった」

達也はほんとうの〝数字の魔術師＝間中〟に言った。

「団君。君は誤解している。会計は業績を測定するだけのものではない。会計は経営の一部なんだ。私は会計戦略を経営戦略の柱としてきた。それだけのことだ」

間中はそう言うと、達也に背を向けて会場を後にしようとした。

「待ちなさい！ それは欺瞞ですよ。あなたは横領という罪を犯した。この事実を受け止めるべきだ」

達也がそう叫ぶと、今度は弁護士の尾崎に向かって大声で尋ねた。

「会社の財産を横領した取締役を解任することはできますか？」

「もちろんです。横領した金が残っていれば、提出させるか、本人に財産があれば仮差し押さえできます。それでも被害回復が望めない場合は、横領罪または窃盗罪で刑事告訴できます」

尾崎がそう答えると、間中は自分の置かれた立場を瞬時に理解したのか、両手で顔を覆ったままその場にへたり込み、腰が抜けたようにうずくまった。斑目は席を立つと、不安な表情を浮かべて、しきりに「どうしよう、どうしよう」と小声で繰り返した。そんな2人の姿を見て、萌が髪を振り乱して泣き崩れた。

ついにジェピーの腐敗が表ざたになった。誰が悪なのかがつまびらかにされた。にもかかわらず、達也の心に去来したのは、満足感ではなかった。むしろきわめて不愉快な何ともいえない感情だった。

何が経営戦略だ。ここで惨めな姿をさらけ出した間中は、大した能力もないのに、学歴と姻戚関係だけで専務になったのに過ぎない。しかも、他人が育てた会社を乗っ取ろうと企てた。

（こんなやつら、俺は絶対に許さない！）

達也はぐっとこぶしを握りしめた。

混乱とどよめきを残しながら、ジェピーの株主総会が終わった。

「今日はおもしろいものを見せてもらいました」

こう言って立ち上がったのは、関東ビジネス銀行の丸亀支店長だった。

「お恥ずかしいところをお見せして……」

益男はペコペコと何度も頭を下げた。

「おたくは優良企業だと思っていたんですが。残念です。でも、内情がわかったのだから、時間の無駄にはならなかった。まあ、あとで連絡しますから」

丸亀支店長はそう言って会場を後にした。

益男の告白

総会の会場を退出すると、出口に益男が立っていた。達也の姿を認めると、近寄ってきて小声で伝えた。

「団さん、もうしわけありませんが、あとで社長室にいらしていただけますか？」

妙に丁寧な、へりくだったような言い回しだった。それが何を意味しているのか、達也には見当がつかなかった。

達也がドアをノックして社長室に入ると、益男自らがすぐ出迎え、達也に向かって深々と頭を下げた。憔悴しきっている、と同時に、安堵も覚えている。そんな複雑な表情を浮かべていた。

ソファには、さっきまでふみの代理として株主総会に出席していた早百合が腰をかけていた。早百合は達也と目があうと、すぐに立ち上がって頭を下げた。

急に財部家の私邸に迎えられたような気がして、達也は戸惑いを覚えた。

「早百合と母から事情は聞きました。君と宇佐見先生が、私たちのことをこれほど思ってくれていたなんて……」

益男は言葉を詰まらせた。

「社長、それは誤解です。先生も私も、あなた方を守ったわけではありません」

　達也は言った。

「じゃあ、何を守ろうとしたんだね？」

　いぶかしげに益男が尋ねた。

「会社と、会社のお客さまと、会社で働く人たちの生活と夢です」

「従業員たちの生活と夢か……」

　こうつぶやいて、益男は窓の下に広がる皇居の緑を眺めたまま話を続けた。

「私は……、逃げていたんだ。財部家の長男に生まれ、ジェピーの社長になるものとして育てられた。自由なんてなかったんだ。君は笑うかもしれないけど、私にも夢があった。フレンチレストランのオーナーシェフだ。美味しい料理であれば、お客様は喜んで高い料金を払ってくれる。素晴らしいとは思わないか。でも、かなわぬ夢だった。ジェピーに入社してからは、いつも父と比べられた。陰では無能な跡取りと悪口を言われ、出世目当ての社員からは歯の浮くようなお世辞ばかり聞かされた。料理を作ってもいないのに、料理の腕を褒められるようなものさ。何もしないまま、専務になった。専務は社長の代行だよ。そんな重責を担わされても、私にできるはずがないじゃないか。そんなとき、隆三さんがジェピーに来てくれることになった。隆三さんは私の兄貴のような人でね。秀才で、子供の頃からあこがれだったんだ。だから、うれしかった。これで、彼に経営を任せることができる。気楽に仕事ができる。本気で思った。隆三さんが来てからは、どんな些細なことを決めるのも隆三さんに任せた。いつの間にか従業員は隆三さんを見て仕事をするようになった。経営者としてそんな情けない状態を母に叱責されると、頭に血が上ってね。それで母と断絶状態になってしまった。そしたら、隆三さんは次第に私の意向を無視するようになった。この本社ビル移転も愛知工場もすべて隆三さんが一人で決めたことだ。会社を乗っ取ろうとしたのは許せない。けれど、実質的に経営をしてたのは隆三さんなんだ。だから……、こうなるのは必然なんだろうな」

益男は窓の外の景色をじっと見つめた。それからしばらくして振り返ると達也を見て言った。

「実は、さっきの総会のあとすぐに、関東ビジネス銀行の丸亀支店長からきついお達しがあってね。今月末までに、事業計画と正確な決算書を作成して、借入金返済計画と一緒に提出するようにと言われた」

「事業計画って、リストラですか？」

「そのようだ。だが、私は正直、どうしていいのかわからない……。団君、助けてもらえないか」

益男が力のない声で不安を吐露した。

達也は愕然とした。

（ジェピーがこんな姿になったのは間中とあんたが食い散らかしたからではないか。その会社を立て直す手助けだって。冗談じゃないぜ……。いったい、この社長はどれだけ他人に頼れば気が済むんだ。だいたい、こんな無責任な男が、創業者とDNAが繋がっているというだけの理由で売上高100億円の社長だなんて笑わせるぜ）

達也は自分の中の怒りを抑えられなくなっていた。

「社長にはジェピーの経営を続けていく自信はおありですか」

達也はこのタイミングしかないと思って切り出した。

「自信ねえ……」

益男からは煮え切らない返事が戻ってきた。達也はすぱっと切り込んだ。

「失礼なことをあえて申し上げます。ジェピーを混乱に陥れた張本人は、間中さんではありません。あなたです。あなたに社長としての経営能力があれば、何も問題はなかった」

益男は目を落とした。

「……さっき話したように、父の会社を継ぐことが私の使命だった。これまで私なりに頑張ってきたつもりだ。でもはっきりとわかった。私は会社の社長の器じゃないんだよ。この会社は、能力のある人に経営してもらいたいと思っている」

早百合と達也は身じろぎもせずに益男の話に聞き入った。

「何か腹案でもあるのですか?」

達也が聞くと、益男は懇願するような眼差しでこう言った。

「団君。いや団さん。どうだろう。ジェピーの取締役になってもらえないだろうか」

(ちょ、ちょっと待ってくれ……)

益男のあまりに唐突な申し出に、今の今まで頭に血が上っていた達也もさすがに狼狽した。考えてみればとんでもなく身勝手な話だ。

(受け入れれば、俺がこの男の尻ぬぐいをすることになるわけか)

そんな達也の思いを見透かしたかのように、傍らで黙っていた早百合が、深々と頭を下げて口を開いた。

「私も、母も、ぜひそうしてほしいと願っています」

その言葉には強い意志が込められているのが達也にも伝わってきた。

けれども、今の達也には引き受ける気などさらさらなかった。ただ、断るにしてもうまい言葉が浮かばない。

「あまりに突然なお話ですので、正直戸惑っています。せめて1カ月ほど考える時間をいただけないでしょうか」

そう言って、達也は逃げるように社長室を後にした。

宇佐見の電話

ジェピーの取締役になる――。大抜擢、と言えば聞こえはいい。けれども実質的には、間中や益男の後始末をさせられることに他ならない。そう思うと達也は腹が立った。

しかし、課長と取締役では仕事の重みが違うことも充分にわかっていた。モノは考えようで、これだけ食い散らかされ、ダメージを負った会社を蘇生させれば、大変な自信になる。またとないチャンスであることだけは確かだ。だが、それでも、気が進まない。

（引き受けるべきか……断るべきか……）

来る日も来る日も考えた。引き受けるにしても、断るにしても、これだと言う理由が見つからないのだ。一番引っかかるのは、間中が粉飾だけでなく横領までしていたことだ。そして、間抜けな社長の益男はそんなことすら見抜けなかった。それどころか、間中の言いなりになっていた。

結論が出ないまま、1カ月が経った。7月も20日が過ぎていた。その日も斑目の代行で忙しく、千駄木のアパートに戻ったのは午後11時を回っていた。

(やはり宇佐見のオヤジに相談するしかないな)

達也は、以前早百合からもらった宇佐見の別荘の電話番号を書いたメモをポケットから取り出した。ちょっと時間が遅いかもしれない。が、電話をするのは今しかない。それに、とりあえず「納得のできる仕事」をひとつやり終えた。オヤジに連絡しても、もう怒られはしないだろう。

「宇佐見ですが」

意外なことに、夜遅くにもかかわらず、宇佐見は自らすぐに電話に出た。

「団です。先生お久しぶりです」

「おお、達也か」

宇佐見のうれしそうな声が聞こえてきた。

「先生の熱演で、株主総会はうまくいきました」

達也が言うと、宇佐見は「ワシは何もしとらん」とだけ答えた。

「早百合さんから聞いたよ。お前、ジェピーの取締役を引き受けるつもりなのか？」

聞き取りにくい宇佐見の声が聞こえてきた。地獄耳だな、相変わらず。もう伝わっているのか。でも、だったら話が早い。達也は素直に心情を吐露した。

「取締役を引き受ければ、もっと多くの経験が積めるとは思います。でも、あの間中専務の尻ぬぐいをすると思うと、なかなかその気になれません」

「辞めた3人はどうなったのかな」

宇佐見は聞いた。

「間中さんは自宅に引きこもったままだそうです。斑目さんは新しい就職先が決まって勤め始めたと聞きました。あんな人でも経理の専門家は引く手あまたなんですね。それから、沢口さんですが、彼女は行方不明です。夜の仕事をしているって噂もあります……」

ふむふむと相づちを打ちながら聞いていた宇佐見が口を開いた。

「みんなアンラッキーだったな」

「えっ？」

達也は宇佐見の言葉に耳を疑った。

「アンラッキーですか？　僕は自業自得だと思いますが」

「間中のことが日経新聞の豆記事に載っていたよ。いちばん割を食ったのはあいつじゃないのかな」

間中は犠牲者だ、と宇佐見は言うのだ。間中は犯罪者ではないのか。達也は呆気にとられた。

「先生はなぜ間中さんをかばうのですか？」

すると、宇佐見は穏やかな口調で達也に聞き返した。

「お前は間中のどこが気に入らないのかな？」

「インテリ気取りで、自己中心的で、会計を使ってウソをつく。しかも、陰で会社の財産を平気で横領する男なんて、虫酸が走ります」

達也は間中に対する思いをぶちまけた。

「お前は変わってないな。コンサル会社で失敗したときと同じだ」

宇佐見のがっかりした声が聞こえた。

「え……」

「いいか。間中がなぜ粉飾に走り、会社の金を騙し取ったのか。お前は考えたことがあるか」

「……」

「今は答えられなくていい。ただ、これだけは言っておく。おそらく間中だって何らかの夢を抱いてジェピーに入社したはずだ。大手銀行での輝かしいキャリアをわざわざ捨てたのだ。財部文治やふみさん、それから弟のような益男君の力になりたいと本気で思わなければ、キャリアを投げ打ってジェピーなんかに入社しないだろう」

「でも、乗っ取ろうとしていた……」

「最初から、ではないだろう。流れのなかでそうなっただけのことだ。自分の策におぼれたんだよ。間中はビジネスを知らない策士だった。昔のお前と同じだよ。とりわけ、あのプライド高い男はジェピーのコアコンピタンスである技術のことがさっぱりわからなかった。恥ずかしかったのだろうね。だから虚勢を張って新規事業を立ち上げて投資を続けた。一方で、経営には自信はあった。なにしろハーバード・ビジネススクールで優秀賞をとった男だ。ところが現実は甘くない。お前もわかっているように、学校で学んだ理論など役には立たん。当然、業績は落ちた。焦ったに違いない。実績を上げなければ、益男君からも、従業員からも相手にされなくなると思ったのだろう。そこで、斑目と石川に目をつけて粉飾に走ったのだ」

「でも、間中さんは粉飾だけでなく、会社の金を横領しているんですよ」

「おそらく、寂しかったんだろう」

「寂しい……?」

「寂しさを癒したのが沢口だった。次第に、間中は彼女に夢中になっていった。だが、実際は、遊びを知らない間中は沢口に手玉にとられていたんだ。会社のお金を愛人に貢いだのだよ。だが、沢口のほうも責めてはいけない。彼女にもそうせざるを得ない事情があったはずだ。間中はプライドだけで生きていた男だ。その男が経営に行き詰まり、愛人に我を忘れた。心のどこかで『自分は雇われ専務に過ぎない。このままではいずれジェピーを追い出される』と思ったのだろう。そんな折、会社法が成立した。勉強家の間中は、会社法174条を上手に使えば、発行済み株式の25%しか保有していなくてもジェピーを乗っ取れることを知った。会社が自分のものになれば、誰からも後ろ指をさされることはない。間中は乗っ取りのチャンスを待ったのだ。そして、株主総会の日、ふみさんの訃報を知った」

「ところが、それは先生が早百合さんに流させたガセ情報だった……」

宇佐見は間中の策略を伊豆高原の別荘にいながら見抜いたのだ。

「達也。お前も少し成長したな」

宇佐見は笑った。

「先生はすべてお見通しだったのですね」

達也は驚嘆した。どうすれば、これだけの洞察力を身につけることができるのだろうか。

「三沢君からおおよその話は聞いた。経験さえ積めば、この程度のことなら伊豆の田舎にいても察しはつく」

「さっき先生は、策士が策におぼれたとおっしゃいましたよね」

「その通り。有能な経営者は、会計を経営戦略の柱と位置づけている。ところが、間中は会計の本質を理解していなかった。それと、間中が失敗したもうひとつの理由は、三沢君という有能な技術者を遠ざけてしまったことだ。すべて自分で決断しようとした。金をかければ何でも手に入る、と信じていた」

(会計を経営戦略の柱にする……)

達也は、間中の口から同じ言葉を聞いたことを思い出した。

(そうか……)

達也は、自分が間中の一面だけしか見ていなかったことにやっと気づいた。期待され、期待を裏切り、追い詰められそうになったとしたら、誰もが同じ間違いを犯す可能性がある。宇佐見はそう言いたいのだ。

三沢工場長があれほど信頼していた木内は、実は斑目のスパイだった。だが、真理が言っていたように、木内はそうしなければ職を失っていただろう。沢口萌もセレブに憧れる一方で自分の限界を感じていたから、間中に人生を賭け、いけないことを承知で会社の財産に手をつけたのかもしれない。

（どんな状況にあっても、正義を貫ける人間なんて、この世の中にはいない、ということか）

達也は、そう思わずにはいられなかった。

「達也。会社経営に必要なことは、犠牲者を最少にすることだ。お前はまだそこがわかっていない」

宇佐見の声が達也の頭の中で響いた。

（犠牲者を最少にする……そういうことなのか！）

それは、達也がコンサルティング会社で大失敗してから、ずっと探し求めてきた「一流のコンサルタント」の意味だった。一流のコンサルタントになるということは、一流の人間になるということだったのだ。どれだけ高度の知識を持ち、豊富な経験を重ねたとしても、それだけでは充分とは言えない。人生の機微、人の心のヒダを、敏感に感じることができなければ、決して一流のコンサルタントにはなれない。それは宇佐見が自分にシンガポール大学を勧め、ジェピーを勧めた理由を初めて理解できた瞬間だった。

自分のすべてをかけて臨まない限り、到底この域に達することはできない。ふりかえれば、自分はコンサルタントの外見に憧れていたに過ぎなかった。物事を単純なまでに善悪で割り切り、しかも他人に完璧を求めすぎたのだ。

（宇佐見のオヤジ……。俺はまだまだだよ）

達也は決心した。ジェピーに自分のすべてをかけ、理想的な会社に作り変える。それが自分に課せられた使命なのだ。そして、この使命の中身こそが間中の抱いた使命の中身と決定的に違うところなのだ。

「先生。決めました」

達也は力強く言った。

「ジェピーの取締役の話、ありがたく申し出をお受けすることにします」

「うむ。厳しいが、やりがいのある仕事だぞ」

「はい」

電話を切ると、達也は自らの体の内側が熱く燃えさかっているのに気づいた。目の前が大きく開けていくようだ。ふと気づくと、こぶしを握り締め、鍛え上げた太い両腕をまっすぐに突き上げていた。

翌日、達也は社長室に出向いた。

「1カ月前にいただいた、取締役のお話、謹んでお受けします」

益男は破顔一笑した。

「よく決断してくれた。ありがとう」

そう言って、達也の右手を両手で包んだ。

「君には取締役経理部長になってもらいたい。わが社のCFO（チーフ・ファイナンシャル・オフィサー）として、存分に働いてほしい」

「CFOですか。願ったりの役職です。微力ではありますが、精一杯頑張ります」

達也は神妙な顔で答えた。

「何か私に希望があれば言ってくれないか。できる限りのことはする」

「では3つほど、お願いがあります。まず、単なる取締役経理部長ではなく、CFOに相応しい決済権と人事権を与えてください。それから、三沢工場長を取締役製造部長に戻してください。あの人はジェピーの至宝です。そして最後に、細谷真理を経理課長に指名してください。彼女がいなかったら、間中専務たちの不正は暴けなかったでしょう」

益男は「すべて受け入れる」とその場で約束した。

「課長。ちょっとお願いします！」

社長室から戻ってくると、経理部員が大声で達也に助けを求めた。

「おう、どうした？」

受話器を持ったまま慌てている彼の様子から、問題は電話の相手のようだ。

「なんだ、クレームか何かか？」

「いえ、そうじゃなくて……」

達也は手近な机の受話器をとり、内線ボタンを押して耳に当てると、なつかしいスコットランドなまりの英語が聞こえてきた。

「ハロー。ダンか。ジェームズだ。元気か？」

「ロングタイム・ノーシー（久しぶりだな）。君の予想に反して、充実した毎日を送っているよ」

達也はシンガポールを発つ前日にジェームズと交わした会話を思い出して言った。

「それにしても、よくここの電話がわかったな」

達也がいぶかしげに聞いた。

「リンダが教えてくれたんだ」

「え、リンダが? なぜ? あいつにだって会社の電話は教えてないんだが」

すると、ジェームズは達也が考えもしなかった言葉を口にした。

「お前の会社は、マイクロスイッチに関する国際特許をいくつも持っているそうだな」

「それがどうかしたのか?」

達也はジェームズが何を言わんとしているのか理解できなかった。

「実はその特許をねらってアメリカの投資ファンドが動いている」

「本当か?」

「間違いない」

「なぜ、断言できるんだ?」

「そのファンドの日本法人のCEOから聞いたからさ」

「そのCEOって、誰だ?」

「リンダだよ」

達也には、ジェームズの口調が急に変わったのがはっきりわかった。

「リンダだって……まさか……」

「その通りだ。リンダがお前の会社をねらっている」

「どういうことだ……?」

達也が聞き返すと、ジェームズは「今にわかる」とだけ言って、電話を切った。

達也の顔から血の気が引いた。その一部始終を、まだ課長になることを知らされていない真理が、きょとんとした顔で見つめていた。

財務3表のどこが「粉飾」されていたのか？

[キャッシュフロー計算書]

単位：百万円

	①粉飾	②修正後	差額 (①−②)
経常利益	108	-108	216
減価償却費	530	530	0
固定資産売却損	0	0	0
売上債権の増減	-600	-156	-444
棚卸資産の増減	-200	-292	92
仕入債務の増減	54	-82	136
営業活動によるキャッシュフロー	-108	-108	0
投資活動によるキャッシュフロー	0	0	0
借入金の増減	98	98	0
財務活動によるキャッシュフロー	98	98	0
純キャッシュフロー	-10	-10	0
現預金期末残高	170	170	0

利益の水増し分

キャッシュフローは粉飾できない

財務3表のどこが「粉飾」されていたのか？

[損益計算書]

単位：百万円

	①粉飾	②修正後	差額（①－②）
売上高	10,444	9,700	744
売上原価	8,986	8,458	528
粗利益	1,458	1,242	216
利益率	14%	13%	1%
人件費	570	570	0
販促費	120	120	0
出荷運賃	110	110	0
旅費交通費	100	100	0
地代家賃	240	240	0
その他	60	60	0
販売管理費計	1,200	1,200	0
営業利益	258	42	216
支払利息	150	150	0
経常利益	108	-108	216
うち減価償却費	500	530	-30

ここが粉飾された金額

真理の会計ノート 012

財務3表のどこが「粉飾」されていたのか？

[賃借対照表]

単位：百万円

	①粉飾	②修正後	差額（①−②）
[資産の部]			
Ⅰ．流動資産			
現金及び預金	170	170	0
売掛金	1835	1391	444
材料	0	0	0
仕掛品	2,020	2,012	8
製品	0	100	-100
その他流動資産	100	100	0
流動資産合計	4,125	3,773	352
Ⅱ．固定資産			0
固定資産合計	6,110	6,111	-1
資産合計	10,235	9,884	351
[負債の部]			
Ⅰ．流動負債			
買掛金	1,705	1,569	136
未払金	800	800	0
短期借入金	825	825	0
流動負債合計	3,330	3,194	136
Ⅱ．固定負債			
長期借入金	3,510	3,510	0
負債合計	6,840	6,704	136
[純資産の部]			
Ⅰ．株主資本			
資本剰余金合計	1,200	1,200	0
利益剰余金合計	2,195	1,980	215
純資産合計	3,395	3,179	216
負債及び純資産合計	10,235	9,884	351

売掛金444：循環取引の修正分

仕掛品8：仕掛品加工費の修正分

製品-100：WWEへの架空売上戻し分を資産計上

流動負債合計136：循環取引の修正分

日経ビジネス人文庫『ＭＢＡ経理部長・団達也の企業再生ファイル』へ続く

あとがき——あるいは本書をこれから読むひとのために

本書を最後まで読んでいただいた方、どうもありがとうございます。本書をこれから読まれる方、ぜひご期待ください。さて、この項では、なぜ「小説」のかたちで会計の本を書こうと思ったのか、読者のみなさんにお伝えしようと思います。

本書は、巷にある会計のノウハウ本とはずいぶんと様相を異にしています。いわゆる「ハウツー」的な会計の解説はほとんどしておりません。それから「用語解説」の類も極力排しています。

本書では、管理会計の真髄について、あえて「物語」の手法で書きました。会計を実際のビジネスで使うとはどんなことかを読者のみなさんになるべく具体的にかつわかりやすく伝えるとともに、会計の仕事とは会社の仕事そのものであり、経営の重要なものさしであることを、立体的に表現したかったからです。

通常の会計のテキストで表現できるのは、会計の仕組みの説明に過ぎません。そして、こうした「知識」だけでは、会計を実際の経営に役立たせることは難しいのです。それどころか、知識先行の会計は、時として経営判断を誤らせる恐れすらあります。

会計はあくまで経営の道具です。そして、感情を持った人間がこの道具を使えば、経営を浄化させることも、不正を助長することもあり得ます。実際の会社には、経営者がいて、社員がいて、顧客がいて、株主もいて、さまざまな感情や利害がうずまいています。会計は、そんな生々しい人間世界のなかで使われています。テキストで説明されるような、「理想的な状態」で使われるわけではないのです。

本書では、ジェピーという傾きかけた部品メーカーを舞台に、団達也という熱血漢が試行錯誤しながら、会計を武器に経営を立て直していきます。あくまで小説の体裁をとっておりますが、ご都合主義では書いておりません。本書で取り上げた不正会計の手口はすべて事実に基づいています。ジェピーが加担していた「循環取引」などの不正取引は私自身が会計士として目の当たりにしたケースです。

現実社会において、不正会計の多くは極悪人による所業ではなく、普通の会社員の悪気のない行為がもとになっています。日常業務の延長線上でいつの間にか会計上の粉飾を犯してしまったり、自社の経営不振を立て直そうと思うあまり、循環取引に手を染めてしまったりする。不正会計は、仕事をやっている限り、誰もが犯す可能性があります。だからこそ、実践的な会計の知識が重要となるのです。

本書で私が第一に主張したかったこと。それは、「会計数値を鵜呑みにしてはいけない」ということです。会計数値にはいろんな人間の思惑が反映されており、簡単に操作できる。経営者のインチキも、かなりの割合でそれが可能になる。そんな実態を小説を読むことで知ってほしかったのです。

不正会計というインチキの先にその会社を待ち受けているのは「倒産」です。本書では粉飾決算がいかに罪作りな行為なのかを徹底的に描写しました。そこで出てくるのが会計です。経営を数字によって可視化し、より正しい経営を実現させる。これが会計の使命です。が、その使い方を一歩誤り、不正会計を犯してしまうと、会計は会社を存続させるどころか、破滅に追いやってしまうのです。

断っておきますが、会計数値だけで経営を100％可視化することはできません。あくまで経営の一部が見えるだけです。経営者は、会計数値をよりどころにしながらも、それだけに頼らず、五感を最大限に働かせ、さまざまな情報をとりこみ、適切な判断を行い、経営を実現しなければならないのです。

第二に主張したかったのは、「経営に使えない管理会計は意味を持たない」ことです。

現実の会社で役に立たない会計資料を作っている経理部の人間や会計士がいかに多

いか。会計のプロとして、そんな実態に私は我慢なりませんでした。経営の一側面は、時間とお金の効率的な運用です。本来その実現のための助けになるのが、「会計」という道具です。そして、この会計という道具を有効活用するための参謀役、それが会計士です。

しかし、昨今の会計士がたとえば監査の仕事で何をやっているかといえば、ルールに準拠しているかどうかをチェックしているだけ。公認会計士は〝公認監査士〟ではありません。会計数値の合理性を判断する専門家です。会社を存続させるのが経営者のミッションだとすれば、それを助けるのが理想の会計士です。税務署への申告書を書く、あるいは会計監査をするというのは、会計士の仕事としてはごく一部でしかないのです。

経営に役立つ会計を実現する参謀役。会計士の理想はそこにあり、また社内の経理の仕事の理想もそこにあります。

私には、会計はとてつもなく奥が深く、人生を賭けるだけの価値のある仕事であり、学問であると思っています。

そして理想的な会計に必要なもの、それは「知識」と「経験」です。どちらが欠けても、会計の仕事は機能しません。本当の会計力は、たゆまぬ勉強で「知識」を蓄積することと、そして仕事の現場で多くの「経験」を積むことではじめて得られるのです。

本書は、会計の「知識」と「経験」とが同時にバーチャルで体験できるよう、工夫して執筆したつもりです。結果、読者のみなさんの「会計力」向上のお役に立てれば、それに勝る幸せはありません。なお、「団達也シリーズ」は今後も「日経ビジネス　オンライン」上で連載を続けていきます。こちらのほうも、引き続きご覧いただければ幸いです。

２００８年９月

林　總

文庫版あとがき

日経ビジネスオンラインに「会計物語　課長団達也が行く」の連載を始めて4年の歳月がたちました。現在も毎週15万ヒットを超える人気コラムです。

本書は、この連載を本にまとめたシリーズ第一作で、シンガポール大学を首席で卒業した達也が、アメリカの一流コンサルティングファームからのオファーを拒み、日本の中小企業「ジェピー」に就職するところから物語は始まります。達也と部下の真理は、次々と降りかかる困難の原因を、会計を駆使して突き止め、解決していくストーリーです。

読者の皆さんの中には、本書に登場した出荷偽装や循環取引、架空在庫、従業員による着服などを、荒唐無稽な作り話のように思われた方がいらしたかもしれません。しかし、これらはすべて私自身の体験に基づいて書いたものです。

それともうひとつ。エリート街道に見向きもせず、中小企業に就職する道を選んだ達也に不自然さを感じたかもしれません。しかし、この姿勢こそが「団達也シリーズ」で最も大切なテーマなのです。

会計を理解するうえでのポイントは二つあります。ひとつは、「経験に基づかない知識は使えない」ということ。そしてもうひとつは、「会計は会計単体では機能しない」ということです。

言い換えれば、「会計だけを頭で学んでも、会計の本質は理解できない」ということです。

会計は目に見えないビジネスの実態を可視化するとともに、可視化した情報を伝える手段です。したがって、会計を学ぶには何を伝えるか、誰に伝えるかをはっきり認識することから始めなくてはなりません。

言うまでもなく、伝える内容はビジネスです。ところが、会計をいくら学んでもビジネスを学んだことにはなりません。また、会計システムそのものが不完全ですから、ビジネスの実態を正確に伝えることはできないのです。さらに、会計情報をとりまく関係者の思惑が、会計をより複雑にしています。

たとえば、経営者は誰しも「会社内部で起きていることを正確に知りたい」と考えています。ところがその経営者には「外部の投資家には都合の悪いことを隠したい」

という気持ちが働きます。同じように、会社の内部でも、現場の担当者は上司に知られたくないことを隠そうとします。このような関係者の思惑が複雑に絡み合って、会計数値は積み上げられていきます。

したがって、きれいごとしか書かれていない会計のテキストを何時間勉強したとしても、すぐにその知識を仕事に使えるはずがありません。実際の仕事に使えないなら、それは知識ですらなく、単なる想像の世界に過ぎません。

このように、会計を理解するには、会計が対象とするビジネスの理解も必要なのです。しかし、ビジネスと会計を同時に論じているテキストを寡聞にして知りません。会計がビジネスを映し出す鏡であるためには、会計とビジネスの学習は一体で行わなくてはならないのです。そうすることで、会計の勉強はもっと楽しくなるし、実践的に使えるものにもなるはずです。

そんな長年の思いを具体化させたのが、このシリーズでした。

こうした視点で会計を学んでいきますと、次に「会計はビジネスを映し出す鏡であればそれでいいのか」と考えるようになります。正しく決算した結果が黒字でも、突然倒産してしまう会社は少なくないからです。こうした事態に会計は無力なのでしょうか。

続編の日経ビジネス人文庫『MBA経理部長・団達也の企業再生ファイル』のテーマは「キャッシュフロー」です。達也と真理は、会社を倒産のリスクから守るのは、利益ではなくキャッシュフローであることを学んでいきます。

ぜひ、お読みいただければ幸いです。

2011年4月

林　總

本書は、二〇〇九年十一月に日経BP社より刊行された
『読む管理会計粉飾決算編　会社の「ウソの数字」にダマされるな！』
を文庫化にあたって改題の上、加筆修正したものです。

日経ビジネス人文庫

MBA経《けい》理《り》課《か》長《ちょう》・団《だん》達《たつ》也《や》の
不《ふ》正《せい》調《ちょう》査《さ》ファイル
ストーリーでわかる管《かん》理《り》会《かい》計《けい》

2011年5月6日 第1刷発行

著者
林 總
はやし・あつむ

発行者
斎田久夫

発行所
日本経済新聞出版社
東京都千代田区大手町1-3-7 〒100-8066
電話(03)3270-0251(代) http://www.nikkeibook.com/

ブックデザイン
鈴木成一デザイン室
西村真紀子(albireo)

印刷・製本
凸版印刷

Printed in Japan ISBN978-4-532-19593-9

ビジネススクールで身につける問題発見力と解決力

小林裕亨・永禮弘之

多くの企業で課題達成プロジェクトを支援するコンサルタントが明かす「組織を動かし成果を出す」ための視点と世界標準の手法。

ビジネスプロフェッショナル講座 MBAの経営

バージニア・オブライエン
奥村昭博=監訳

リーダーシップ、人材マネジメント、会計・財務など、ビジネスに必要な知識をケーススタディで解説。忙しい人のための実践的テキスト。

ビジネススクールで身につける変革力とリーダーシップ

船川淳志

企業改革の最前線で活躍する著者が教える「多異変な時代」に挑むリーダーに必要なスキルとマインド、成功のための実践ノウハウ。

ビジネスプロフェッショナル講座 MBAのマーケティング

ダラス・マーフィー
嶋口充輝=監訳

製品戦略から価格設定、流通チャネル構築、販売促進まで、多くの事例を交えマーケティングのエッセンスを解説する格好の入門書。

ビジネススクールで身につける会計力と戦略思考力

大津広一

会計数字を読み取る会計力と、経営戦略を理解する戦略思考力。事例をもとに「会計を経営の有益なツールにする方法」を解説。

人気MBA講師が教えるグローバルマネジャー読本

船川淳志

いまや上司も部下も取引先も――。仕事で外国人とつきあう人に不可欠な、多文化コミュニケーションの思考とヒューマンスキル。

100年デフレ

水野和夫

デフレはもう止まらない！　2003年の刊行当時に、長期デフレ時代の到来を予測し、恐ろしいほど的中させた話題の書。

ユーロが危ない

日本経済新聞社=編

巨大ユーロ経済圏が弱小ギリシャ経済の財政危機から大混乱！　危機の源から拡大する事態までを、欧州の日経記者がレポート。

やさしい経済学

日本経済新聞社=編

こんな時代だから勉強し直さなければ…そんなあなたに贈る超入門書。第一級の講師陣が考え方の基礎を時事問題を素材に易しく解説。

「人口減少経済」の新しい公式

松谷明彦

人口増加のエネルギーを失った日本が向う先は？　人口を軸に日本経済の未来を予測。縮小する世界での生き方を問うたベストセラー。

やさしい経営学

日本経済新聞社=編

御手洗キヤノン社長はじめ注目の経営者や経済学の研究者たちが、戦略論、企業論、組織論などに分けて実践に活用する学問を教示。

日本経済の罠 増補版

小林慶一郎
加藤創太

バブル崩壊後、日本経済の再生策を説き大きな話題を呼んだ名著がついに復活！ 未曾有の世界的経済危機に揺れる今こそ必読の一冊。

武田「成果主義」の成功法則

柳下公一

わかりやすい人事が会社を変える――。人事改革の成功例として有名な武田薬品工業の元人事責任者が成果主義導入の要諦を語る。

なぜ、あの会社は儲かるのか?

山田英夫・山根 節

ユニクロ、キヤノン、ヤマダ電機――あの商戦が成功したワケは?経営戦略と会計の仕組みが一度にわかる、ビジネスマン必読の書。

H.I.S 机二つ、電話一本からの冒険

澤田秀雄

たった一人で事業を起こし、競争の激しい旅行業界を勝ち抜き、航空会社、証券、銀行と挑み続ける元祖ベンチャー。その成功の秘密とは――。

成毛眞のマーケティング辻説法

成毛 眞と日経MJ

マーケティングは楽しい戦争だ。「迷わせて売れ」「有望市場は男性」「市場は小さくとらえよ」等、超ユニークなアイデアが満載。

林文子 すべては「ありがとう」から始まる

林 文子=監修
岩崎由美

経営者の仕事は社員を幸せにすること――ダイエー林文子会長が実践する「みんなを元気にする」ポジティブ・コミュニケーション術!

男にナイショの成功術

日本経済新聞生活情報部=編

今活躍しているキャリア女性たちは一体どんな道を歩んできたのだろう。育児や介護に立ち向かいながら輝き続ける女性たちの軌跡。

カンブリア宮殿 村上龍×経済人 社長の金言

村上 龍
テレビ東京報道局=編

人気番組『カンブリア宮殿』から68人の社長の「金言」を一冊に。作家・村上龍が、名経営者の成功の秘訣や人間的魅力に迫る。

日経ヴェリタス 大江麻理子の モヤモヤとーく

日経ヴェリタス=編

ポッドキャスト人気番組が文庫に。テレビ東京の大江アナと一緒に、わかったようでわからない時事経済についての疑問をスッキリ解決！

ワールド・ビジネスサテライト 技あり！ニッポンの底力

テレビ東京報道局=編

真空式トイレ、タマゴのヒビ検知器――。隠れた日本の技術力を紹介する「ワールド・ビジネスサテライト」の人気コーナーを文庫化。

カンブリア宮殿 村上龍×経済人1 挑戦だけがチャンスをつくる

村上 龍
テレビ東京報道局=編

日本経済を変えた多彩な"社長"をゲストに、村上龍が本音を引き出すトーキングライブ・テレビ東京『カンブリア宮殿』が文庫で登場！

ワールド・ビジネスサテライト 再生ニッポン

小谷真生子
テレビ東京報道局=編

沈滞ムードが漂う日本経済。ワールド・ビジネスサテライトのコメンテーターが集結し、経済活性化の具体的な処方箋を提言！

カンブリア宮殿 村上龍×経済人2 できる社長の思考とルール

村上 龍
テレビ東京報道局=編

人気番組のベストセラー文庫化第2弾。出井伸之（ソニー）、加藤壹康（キリン）、新浪剛史（ローソン）――。名経営者23人の成功ルールとは？

経営論 改訂版

宮内義彦

米国的経営から学ぶところと日本企業の長所を生かし、新しい経営を創造しよう。オリックスを率いる著者による渾身の経営・経済論。

日経スペシャル ガイアの夜明け 2011

テレビ東京報道局=編

電気自動車戦争、驚異のチャイナマネー、売れない時代に売る極意など、2009年から10年にかけて放映された番組から21話を収録。

チャールズ・エリスが選ぶ「投資の名言」

チャールズ・エリス
鹿毛雄二=訳

ケインズからバフェットまで、投資判断に迷った時や「ここぞ」という時に勇気と知恵を与えてくれる、天才投資家たちの名言集。

200年企業

日本経済新聞社=編

江戸時代から今日まで、どんな革新を経て生き抜いてきたのか? 伝統を守りながらリスクに挑む「長寿企業」の秘密に迫る。

もっともやさしい株式投資

西野武彦

「解説書を読んでみたけれど、いまひとつ理解できない」という人のために、基礎の基礎から実際の売買までをイラスト入りで解説。

トレンド記者が教える消費を読むツボ62

石鍋仁美

カグラーにA-BOY、セカイ系にBOBOS、ネオ屋台——。あなたはいくつわかります？　今どきの流行りものを徹底解説。

サクサク作成!
エクセル文書ワザ99

日経PC21=編

文章と図表を組み合わせた「ビジュアル書類」を作るには、実はエクセルが最適。初心者でもできる、見栄えの良い文書作成ワザを紹介。

1秒でできる!
パソコン一発ワザ90

日経PC21=編

「離れたファイルを選択する」「パソコンをロックする」など、すぐに使えて、一瞬で作業が完了する90の方法を厳選して紹介します。

イライラ解消!
ワード即効ワザ99

吉村 弘

「勝手に箇条書きに!?」「思い通りに変換できない!?」──日々感じるイライラをスッキリ解消！　目からウロコの使い方、教えます。

イライラ解消!
エクセル即効ワザ99

日経PC21=編

表作り、文章作り、データ分析、グラフ作成──日経PC21編集部が厳選した「仕事が速くなる」99の便利ワザを目的別に紹介。

スイスイ完成!
ワード「ビジネス文書」ワザ99

吉村 弘

簡単な操作を知るだけで、仕事の書類がもっと手早く、カンタンに作成できる。見違えるようになる！　使えるワザを目的別に紹介。

メキメキ上達!
エクセル関数ワザ100

日経PC21=編

「四捨五入する」「平均値を求める」「日付を自動入力する」──。知っていると意外に簡単な、使える関数ワザを目的別に紹介。

nbb
日経ビジネス人文庫

グリーンの本棚
人生・教養

ビール最終戦争

永井 隆

発泡酒、第三のビール、酎ハイ…。アサヒ、キリン、サントリー、サッポロ、メーカー4社の熾烈な闘いを追った本格ノンフィクション。

温泉教授・松田忠徳の新日本百名湯

松田忠徳

全国の温泉を自ら踏破し、温泉の歴史、効能、宿などにも詳しい温泉教授が、全国から百名湯を選りすぐり役に立つ情報を提供する。

プロ野球よ!

日本経済新聞運動部=編

どっかおかしい日本球界。その最新事情を日経担当記者が総力取材し、ファンが胸躍る野球の姿を直言します。愛ゆえの叱咤激励の書。

ゴルフを以って人を観ん

夏坂 健

ゴルフ・エッセイストとして名高い著者が、各界のゴルフ好き36人とラウンドしながら引き出した唸らせる話、笑える話、恐い話。

ビール15年戦争

永井 隆

ドライ戦争以降、熾烈なシェア争いを繰り広げる4社。その営業・開発現場で戦う男(女)たちの熱いドラマを描ききった力作ルポ。

油断!

堺屋太一

ある日、突然、石油が断たれた。なすすべもなく崩壊していく日本。原油高、テロ、天災が相次ぐ今、30 年ぶりに復刊する警世の物語。

感染症列島

日本経済新聞科学技術部=編

ペットを介した細菌感染、出現迫る新型インフルエンザなど、急速に拡がりつつある感染症。その知識と対策をやさしく紹介。

これからの十年
日本大好機

堺屋太一

団塊世代の定年開始。これからの千日で日本は決定的に変わる。「70歳まで働くことを選べる社会」を提唱する画期的シニア論。

歴史の使い方

堺屋太一

本能寺の変、関ヶ原の戦いなどのエピソードを紹介しながら、歴史の楽しみ方、現代への役立て方を説く。やっぱり歴史は面白い！

エキスペリエンツ7
団塊の7人 上·下

堺屋太一

消滅の危機迫る駅前商店街を救うべく、7人のエキスペリエンツ(経験あふれる者)が起ち上がる！団塊世代の今後を描く熱闘物語。

歴史からの発想

堺屋太一

超高度成長期「戦国時代」を題材に、「進歩と発展」の後に来る「停滞と拘束」からいかに脱するかを示唆した堺屋史観の傑作。

中学英語で通じる ビジネス英会話

デイビッド・セイン

文法や難しい言葉は会話の妨げになるだけ。上級の表現が中学1000単語レベルで簡単に言い換えられる。とっさに使える即戦スキル。

東大講義録 文明を解くⅠ

堺屋太一

作家・堺屋太一が1980年代生まれの世代に向けて文明の由来と未来について語った講義録。東大生も感動した内容を公開。

電車で覚える ビジネス英文作成術

藤沢晃治

ベストセラー『「分かりやすい表現」の技術』の手法を使って、英文表現力はもちろん、英会話力や日本語の文章力まで身に付くお得な1冊。

東大講義録 文明を解くⅡ

堺屋太一

中国の急成長と欧米の停滞、そして日本の衰退──。その根本原因は何か。日本を復活させる唯一の道、知価社会化を提言する。

俺たちのR25時代

R25編集部=編

頂点を知る男たちは、何につまずき、何を考えていたのか。芸能人、スポーツ選手、作家など26人の「つきぬけた瞬間」をインタビューする。

ビジネス版 これが英語で 言えますか

デイビッド・セイン

「減収減益」「翌月払い」「著作権侵害」など、言えそうで言えない英語表現やビジネスでよく使われる慣用句をイラスト入りで紹介。

リーダーのための中国古典

守屋 洋

「人を知る者は智なり。自ら知る者は明なり(老子)」――。未曾有の危機を生き抜くリーダーたちに贈る中国古典の名言名語を収録。

ゲルマン紙幣一億円

渡辺房男

明治維新期、日本初の円紙幣・通称「ゲルマン紙幣」に、騙しのゲームを仕掛けた男たちがいた…。歴史マネー小説の傑作を文庫化!

中国古典に学ぶ人を惹きつけるリーダーの条件

守屋 洋

「孫子」「史記」「三国志」など、代表的な中国古典から、ビジネスパーソンに向けて、未曾有の危機を生き抜くための人間力を説く。

ビジネスマンのための時代小説の読み方

鷲田小彌太

『竜馬がゆく』に創業者の辛苦と歓びを知り、『下天は夢か』にリーダーの孤独を想う――。定番から話題の新作まで100冊を案内。

「四書五経」の名言録

守屋 洋

「四書五経」とは、中国古典の中で特に儒教で重視される9つの文献のこと。名解説者が、ここから44の言葉を厳選し、わかりやすく解説。

「佐伯泰英」大研究

鷲田小彌太

『密命』『居眠り磐音』シリーズなど累計1000万部を超える人気時代小説作家、佐伯泰英。その作品と作家の人気の秘訣を徹底解剖!